17 Mundus Scientiae

ロシア歌物語 ひろい読み

英雄叙事詩、歴史歌謡、道化歌

熊野谷葉子

The Liberal Arts

慶應義塾大学教養研究センター選書

ロシア歌物語ひろい読み——英雄叙事詩、歴史歌謡、道化歌　目次

歌物語関連地名。国境線は 2017 年現在、地名は日本で一般的な名称、必要に応じて（　　）内に別称を示す。

はじめに

ロシアの歌物語とは

一定のリズムにのせて、日常会話とは違う口調で物語を紡ぐ、という芸能は世界中で人々を楽しませてきた。古いところではホメロスの叙事詩、ローランの歌、地理的に近いところではアイヌのユカㇻ、平家語り……。講談や浪花節もプロの芸として受け継がれたものだ。楽器や手拍子でリズムを保ち、心地よい反復や誇張した表現を駆使して聴き手を物語世界へ導く、この口承文芸独特の語りは、時にメロディがついて歌謡に近づく。こうした韻文の語りものを総じて「歌物語」と呼ぶならば、ロシアは、実は歌物語の宝庫である。ロシアの昔話や民謡は日本でもなじみ深く、その豊かさもよく知られているが、叙事詩やバラードといったジャンルのテキストが十九世紀から二十世紀にかけて数千という規模で記録され、それが現在もロシアの人々の誇りであり常識であることについては、あまり知られていない。本書では、ロシアの歌物語のいくつかのジャンルから代表的な話を選んで紹介していこうと思う。最も多く取り上げるのは、歌物語の中でも特に珍重される英雄叙事詩「ブィリーナ（bylina）」[1]というジャンルである。ブィリーナは「ルーシ」と呼ばれた中世ロシアを舞台に勇士や豪商が活躍する、歴史物語とファンタジーが混交したような物語群で、調子のよい流麗な語り口が特徴である。同じ歴史ものでも十六世紀以降のロシア史上の事件をあつかう話は「歴史歌謡」と呼ばれ、ブィリーナと違って竜や怪物や魔法の出てこない、より現実的な物語である。このほか、恋愛などの人情話を歌う「バラード」、キリスト教の聖者や教えに関する話を伝える「巡礼歌」、ブィリーナのパロディーや言葉遊びなど、滑稽さが特徴の「道化歌（スコモローシナ）」等、ロシアの歌物語のジャンルは多岐に亘る。本書ではブィリーナのほか、歴史歌謡（第七章の三話）と道化歌（第六章「チェレンチイ旦那と芸人たち」、第四章「豪商ソロヴェイ」の解説中の「アガフォーヌシカ」）を取り上げる。

それにしてもなぜロシアでは、これほど大量かつ多彩な歌物語が、十九世紀後半という比較的遅い時期から一気に記録されたのだろうか。

ナポレオン戦争やデカブリストの乱を経験した十九世紀半ばのロシアでは、非常な勢いで民衆文化や自国の歴史への関心が高まっていた。人々にはロシアの社会・経済が西欧諸国に立ち遅れていることへの自覚とそれに反発する誇りがあり、オスマン・トルコとの戦争や東方正教圏のスラヴ諸民族への共感は民族主義を高揚させた。また農奴制への疑問から、知識人たちはいわゆる西欧派であれスラヴ派であれ、民衆を理解しその文化を知ろうという熱意と責任感においては共通していたのだった。こうして、広大なロシア帝国の各地で民衆の語彙や口承文芸の採録が始まり、一八四五年には帝室地理学協会も発足した。A・アファナーシエフによる昔話集の編纂（一八五五年刊行開始）、V・ダーリの驚異的なフォークロア蒐集の成果（一八六二年からことわざ集、六三年から民衆語辞典を出版）、I・キレーエフスキーの民謡蒐集とその出版（一八六〇年）等、今日も広く読まれ引用される重要なフォークロアの資料は多くこの時代に属している。

歌物語の分野では、十九世紀初頭に出版された『キルシャ・ダニーロフの蒐集せるロシア古詩集』[2]が読まれていたが、そこに掲載されているような歌物語を生で聞くのは難しいと思われていた。当時、西欧では英雄叙事詩のような古いタイプの口承文芸はとっくに「読む」ものになっていたし、ロシアでもよほどの田舎かシベリアの果てでもなければ叙事詩語りは残っていないとされていたのである。

その常識を覆したのが、一八六一年に出版された『ルィブニコフの蒐集せる歌謡集』[3]だった。首都ペテルブルグからさほど遠くないオネガ湖周辺で記録されたての歌物語が多数掲載され、しかも続刊の予定だというのである。

この本の編者パーヴェル・ルィブニコフ（一八三一―八五）は元社会主義活動家で、オネガ湖畔の町ペトロザヴォーツクに流刑の身であった。当時同様の境遇にあった知識人の御多分にもれず、ルィブニコフは当地の伝説や歌などを聞き集めながら、いつかブィリーナを生で聞きたいものだと思っていた。そして遂に一八六〇年五月、オネガ湖で船の出航を待ちながら焚火の傍でうとうとしていたルィブニコフに、その機会が訪れたのである。

「……奇妙な物音で目が覚めた。私は色々な歌を聞いてきたが、こんなメロディを聞くのは初めてだ。活き活きして気まぐれで陽気で、速くなったかと思うととぎれ、その調子は我々の世代が忘れてしまった遠い昔を思わせた。（中略）寝ぼけ眼で見ると、私から三歩ほどのところに農民が数人座っており、白髪の老人が歌っていた。（中略）彼は消えそうな火のそばにしゃがんで、左右の聞き手を見やりながら歌っているが、その歌声はときどき笑いでとぎれる。一曲終わると歌い手は次の歌を歌い出した……(4)」

これがブィリーナの語りだった。ルィブニコフはこの「白髪の老人」や他の語り手から多くの歌物語を聞き集め、編纂して翌六一年に出版したのである。この事件以来、オネガ湖、ラドガ湖以東の北ロシアには多くの研究者が訪れた。語り手の中には、トロフィーム・リャビーニン（一八〇一―八五）とその子孫たちのように名手として後代まで名を遺した者もあれば、ワシーリー・シェゴリョーノク（一八一七―九四）のようにペテルブルグやモスクワで公演し、作家レフ・トルストイや作曲家ニコライ・リムスキー＝コルサコフはじめ多くの人にその語りを聞かせた者もあった。

ロシアの民衆文化ブームは帝政末期まで続き、フォークロアは文学・音楽・美術と様々な分野で利用

図1　V・ポレーノフ《語り手ワシーリー・シェゴリョーノク》1879年

されることで新しいイメージを獲得した。本書を彩る絵画もその大半が十九世紀後半から二十世紀初頭にかけて制作された油絵や版画である。口頭で、繰り返し語られることによってのみ伝えられていた歌物語は、この時期に文字や楽譜や録音で固定され、美術や舞台によって可視化された。ここで歌物語やフォークロアのイメージは形成され、それが今日まで続いていると言ってもよい。

歌物語を読むために

本書に収録された歌物語は百年以上前に語られたものであり、それを楽しむには多少の予備知識が必要だ。そこで本節では、歌物語の世界と現実との関係を、歴史的・地理的情報を中心に簡単に述べておきたい。

歌物語がいつ頃から歌われていたのかは定かでは

図2　V・ヴァスネツォフ《グースリ弾き》1899年、国立ペルミ美術館蔵

ないが、十二世紀に成立したとされる『イーゴリ軍記』[5]の冒頭には、物語を歌うボヤーンという大詩人が登場する。ブィリーナの中にも勇士がグースリを弾きながら物語を語る場面が多数あることから、ルーシでは撥弦楽器グースリを鳴らしながら物語が歌い語られていたことが分かる。ただしその後、グースリを弾き語る芸能は教会と政府によって禁じられて衰退し、十九世紀に採録された時点では、叙事詩語りは無伴奏で行われていた。

英雄叙事詩ブィリーナの舞台は、中世のキエフかノヴゴロドである。キエフはドニエプル河畔に広がる現在のウクライナの首都だが、九世紀から十三世紀にかけては東スラヴ人を中心とする国家「キエフ・ルーシ」の都であった。この公国はビザンツ帝国から東方正教と文字を導入し、九八八年にはウラジーミルI世が正教を国教と定めて、それまで崇めていた神々の像をドニエプル川へ投棄したと伝えられる。キエフ・ルーシは南東の平原から襲ってくる遊牧騎馬民族との争いが絶えず、一二四〇年以来、さらに強力なモンゴル・タタールに征服されてキプチャク・ハン国へ貢税することになった。

こうしたいきさつをふまえて歌物語を読むと、なるほどそこには「都キエフ」「大公ウラジーミル」といった語句や、タタールとの戦闘のようなモチーフが多々見られる。しかし、だからと言ってブィリーナがキエフ・ルーシの往時の姿を伝えてくれるわけではない。歌物語のキエフは、「太陽」「優しき君」と呼ばれる大公ウラジーミルが君臨し常に宴を催している場所で、物語の中心かつ出発点である。宴には貴族や勇士が集まって自慢話に花を咲かせており、一朝事あれば勇士たちが武器をつかんで馬に乗る。このようにブィリーナは非常に図式化と様式化の進んだ物語であり、キエフ・ルーシの雰囲気を感じることはできても、物語中の出来事を歴史上の場所や出来事と対応させるのはとても難しい。

もう一つのブィリーナの舞台はノヴゴロド、ペテルブルグの南東約一五〇㎞に位置する今は静かな町である。年代記によれば、九世紀、スカンジナビア半島よりゲルマン民族の「ルーシ」人が南下して、ノヴゴロド《新しい町》を拠点とした。彼らはスラヴ民族を統治してリューリク朝を開き、後にキエフを都と定めた。キエフ・ルーシの始まりである。

ノヴゴロドはそれほど昔から水上交通の要だった。町を流れるヴォルホフ川を北へ下ればラドガ湖へ、そこからネヴァ川に乗ってバルト海へ出れば欧州各地の港へ至る。逆にノヴゴロドから南に進めばドニエプル川へ入ってキエフへ、そして黒海を経てコンスタンチノープルへ。母なるヴォルガはウラルや中央アジアへの路となる。こうして中世のノヴゴロドは、タタールの侵略を受けなかったこともあり、欧州からの輸入品や国内各地の産物が集まる一大商業都市として、栄えに栄えていた。豪商サトコーや旦那チェレンチイの物語はこうした繁栄する中世ノヴゴロドを想像しながら読みたい。

英雄叙事詩ほど物語の図式化が進行しなかった歴史歌謡では、物語の舞台はそれぞれの事件が実際に起きた時代と場所に一致する。本書では十六〜十七世紀のモスクワ大公国時代の歴史歌謡をとりあげた。「雷帝」として知られるイワンⅣ世（一五三〇—八四）がハン国の都カザンをいかに攻略したか。続く動乱時代の英雄ミハイル・スコピーン公の謎の死の真相とは？　歴史歌謡に見られる地名や人名は、史実とされる事柄と何らかの関係を持っていることが多い。そこがブィリーナとは一味違う、歴史歌謡の面白さである。

歌物語に登場するキエフ、ノヴゴロド、モスクワといった場所を、十九世紀の語り手たちのほとんどは実際に見たことがなかった。そのためか歌物語では、南の平原での戦いのあいまに北ロシアの風景が見え隠れしている。例えば、キエフ第一の勇士イリヤー・ムーロメツが駿馬を走らせるシーンはこんな風に歌われる。

川も湖も次々に跳び越え
草茂る沼は軽くひとまたぎ

こうしてイリヤーは行くが行く……(6)

これは勇士が旅をする時にしばしば出てくる定型表現である。無数の湖を擁し、北ドヴィナ川、ピネガなど幾筋もの大河がゆっくりと北上する北ロシアには、深い針葉樹の森の間に川や湖、湿原が広がっている。南のステップで馬を走らせ敵と戦う勇士たちも、旅の空では語り手たちの故郷を訪れているかのようだ。

歌物語の語り口

歌物語は、本来語り聞くものであって読むものではない。また多用される頭韻や脚韻、音の反復、対句表現などは単なる飾りや規則ではなく語りのテクニックの一部である。それを誰かが書き留めたものを、更に外国語に翻訳して語り口まで伝えようというのは無理な話で、せめて一つの語りを全文詩形式で訳出するのが良心的な方法だろう。だが一つのエピソードを語ったヴァリアントは長短様々で数百行におよぶものもある。この小さな本では詩形式だと数話しか紹介できないだろう。またある語りは長くて詳しいが単調で眠気を誘い、他の語りは美文で面白いが他の語り手と筋が違う……という具合に、一つのヴァリアントの全訳にも問題はある。そこで本書では、各エピソードのヴァリアントから筆者が一般的な筋と典型的な表現を抽出し、ほとんどの部分は散文で、ここぞという名場面は語り口に配慮した韻文訳で再話した。限られた紙面で口承文芸の内容と語りを最大限に伝える試みだが、元のロシア語の美しさや技巧が伝わらないことは否めない。そこで、ごく一部ではあるがロシア語原文をローマ字表記にして、それを見ながら歌物語の語り口を感じてみよう。例えば前述の「川も湖も……」は以下の例のように歌われている。

詩行を声に出して読んでみると、その調子のよさ、美しさが感じられる。一行は十ないし十一音節から成り、ここでは一行目と二行目が対句的な表現である。三、四行目では「道」を意味する同義語の put' と doroga を繰り返すという口承文芸独特の手法が用いられ、四行目では音節数を増やしてリズムを整えるために前置詞 na を繰り返している。三、四、五行目の「道」dorozhenki の繰り返しはシンプルなリズムを生み、同時に聞き手の視線が道の上をたどっていくための時間を与えている。

このように、歌物語は文学の作詩法とは異なる独

ブィリーナのロシア語原文の例

Aj réki, ozjóra pereskákival,
川も　湖も　跳び越えた
A mhí-ty bolóta promezh nog pustíl
草深き　沼も　ひとまたぎで　越えた
Poéhal putjóm po dorózhenki
行った　路を　道を
Na toj na putí na dorózhenki
その　路の上に　道の上に
Na dorózhki lezhít ser gorjúch kámen'
道の上に　ある　灰色の　熱き　岩

自の詩学を持っている。そのロシア語の語りは巻末の文献案内に記した原書で味わって頂くこととし、本書では筆者が語る一つのヴァリアントとして各物語を楽しんでもらえればと思う。日本語で読めるロシア歌物語のテキストや論文についても文献案内を参照されたい。

それではロシアの歌物語を語り始めよう。

（注）

（1）ブィリーナという語は、一八三九年にI・P・サハロフが、ロシア中世文学『イーゴリ軍記』冒頭に見られる「かつてあったこと」という語を援用して以来定着したとされる。一般には他の歌物語と区別なく「歌」「詩」などと呼ばれていた。

（2）巻末文献案内参照。一八〇四年に不完全な初版が出た後、二版以降この書名で版を重ねているが、今日ではキルシャ・ダニーロフは蒐集者ではなく語り手であったことが分かっている。

（3）巻末文献案内参照。

（4）同前「蒐集者覚え書き」（第一巻六九頁）より。

（5）巻末文献案内参照。

（6）『オネガのブィリーナ』（巻末文献案内参照）、第二八七番「イリヤー・ムーロメツの三つの旅」より。

1　イリヤー・ムーロメツの歌物語

晩成の大器イリヤー(1)

栄《は》えあるムーロムの町の
カラチャーロヴォの村に
三十年、いやそれ以上
歩けぬ病で座ったきりの
農夫の子、ムーロムのイリヤー
イリヤー・イワーノヴィチ・ムーロメツ。

ある暑い夏の日のこと、両親は野良へ出て、イリヤーは一人家にいた。窓をコツコツ叩く者があり、見れば巡礼の旅人たち。飲み物を乞うているのだが、立てないイリヤーは窓越しに

「俺は手も足も役立たず、三十年以上も座ったきりなのだ」

ところが巡礼は

「イリヤー、我らを欺くでない！」

と一喝、たちまちイリヤーの手はふるえ、動き出し、気付けばイリヤーは立っていた。すぐに大杯を手に地下蔵へ降り一桶《ヴェドロー》半の酒を注いで旅人たちに差し出せば、彼らは言う。

「イリヤーよ、この酒はお前が飲め」

言われるままに飲み干して、また言われるままに二杯目をあおったイリヤーに、身体の力を感じるかと問えば、イリヤーの答えはこうだ。

　もし天と地を支える柱があれば
　その柱に金の環があれば
　俺はその環を片手でつかみ
　母なるルーシの地をひっくり返さんものを

旅人はイリヤーに三杯目を与える。その力を半分にせんがため。

「イリヤーよ、馬を選びキエフへ向かえ。聖なるルーシ、母なる大地を守り、異教徒を打て」

言い残して巡礼は立ち去った。野良から帰った父母が喜ぶまもなく、イリヤーは棍棒と剣と弓矢を携え馬上の人となった。

都キエフへ向かう途中、イリヤーはチェルニーゴフの町にさしかかった。町は真っ黒、烏かとよくよく見ればタタールの大軍勢。イリヤーは剣を抜き、この黒山をめった切りにして町を解放した。住民に都への近道を聞けば住民たちは、とても通れた道ではないと言う。

灰色狼でも駆けられず
黒き鳥でも飛び越せず
泥沼の傍の白樺の
レオニードの十字架近く
オヂフマンチイの息子
悪人盗賊の夜鳴き鶯《ソロヴェイ》が居座り
七本の槲《かしわ》の上に座り
そのけたたましい鳴き声で
獣の咆哮で
蛇の騒音で
山では土砂が崩れ
森と林は地に倒れる

イリヤーがかまわず近道を行けば、果たしてそこにソロヴェイはいた。その咆哮のすさまじさ、勇敢なイリヤーの名馬でさえ膝をつく。しかしイリヤーは、馬を叱ると冷静に矢をつがえた。

図3　I・ビリービン《イリヤー・ムーロメツと怪盗ソロヴェイ》1940年、国立ロシア美術館蔵

「鍛え上げし矢よ、いざ飛べ！　水に落ちず、地に落ちず、ソロヴェイの右の眼に入り、左の耳から出よ！」

あっぱれ、矢はソロヴェイの右眼をとらえ、ソロヴェイは墜ちてイリヤーの馬の鐙《あぶみ》に縛り付けられた。

キエフに着いたイリヤーは、中庭にソロヴェイごと馬をつないで宮殿へ入り、太陽公ウラジーミルと公妃アプラクシアに頭を下げた。宴に連なり、問われるままに近道を来たと言っても、その言葉をにわかに信じる者はない。

「近道は通れぬはず。七本の槲の上に怪盗ソロヴェイが座しておるはず」

そこでイリヤーが、ソロヴェイなら我が馬の右の鐙に、と言うが早いか、公と妃と宴に連なる人々はみな中庭に走り出た。公の命令でイリヤーはソロヴェイに「半分の声で鳴け」と命じるが、ソロヴェイはそれに従わずあらん限りの声をあげる。

その怪鳥のけたたましさに
その獣の咆哮に
その蛇の騒音に
キエフ中の窓という窓はひび割れ
建物の丸屋根という丸屋根は剥げ落ち
公と公妃は膝をついて倒れ
人はみな身の毛がよだつ。

イリヤーはソロヴェイをひっつかみ、馬にまたがり広野へ駆け出した。怪盗ソロヴェイの首を一太刀ではね、かくしてイリヤーはキエフの勇士となったのである。

イリヤー・ムーロメッツは、ロシア歌物語で第一の勇士である。この話は彼の名前が「ムーロムの人」を意味することを示し、巡礼が彼の長患いを癒し大力を与えたこと、イリヤーがキエフに着く前に最初の武勲をあげたことを歌っている。ムーロムという町はロシア連邦ウラジーミル州に実在し、キエフ・ルーシ時代には大きな町であった。キエフからだと北東に直線距離で九〇〇km。カラチャーロヴォという村もある。

この話のポイントの一つは、イリヤーが農夫の息子というはっきりした出自を持っていることだろう。歌物語を語り聞いていた人々は主に農民だったから、ルーシを守る筆頭の勇士が農民出身だということに誇りと親しみを感じたに違いない。百以上の採録がある、人気の物語である。

イリヤーの宿痾《しゅくあ》を癒した旅の巡礼は、国内各地の聖地をめぐる恒常的な旅人である。巡礼歌やブィリーナを歌っては人々から受ける喜捨で命をつないだ。その巡礼が与えた力はすなわち神から賜った力、だからこそイリヤーの力は、聖なるルーシを守るために使われなければならない。そういう価値観が明確に現れた話でもある。

イリヤーはチェルニーゴフ（キエフから一五〇㎞ほど北に実在する都市）を解放すると、チェルニーゴフとキエフの間に立ちはだかる怪盗ソロヴェイを退治する。ソロヴェイとはロシア語でナイチンゲールのことで、その鳴き声はよく響く美しいものとしてA・アリャービエフの歌曲などでも知られているが、歌物語では木の上からものすごい声で人を脅かす怪盗である。盗賊と呼ばれながら何も盗らず、物理攻撃も加えては来ず、ただひたすら声の力で人をひれ伏せさせるこの怪鳥は、人とも化け物ともつかぬ異様かつユーモラスな存在で、イリヤーの最初の武勲にふさわしい名キャラクターである。

さて、キエフでのイリヤー・ムーロメツは、年かさでもあり、たちまち勇者筆頭となった。大公の宴に連なり、広野を警護し、敵が現れれば武器を取ってそれを打ち砕く。しかしその働きは君主ウラジーミルの信あればこそ。ところがその大公は、しばしば貴族の讒言《ざんげん》に惑わされる。

イリヤーと怪物イードリッシェ(2)

栄えあるキエフの町の
優しき公ウラジーミルのもとで
ひねくれものの大貴族たちが
イリヤー・ムーロメッツの悪口三昧。
……彼はこんな自慢をしておりますよ。
「俺はウラジーミル公を追い出して
自らキエフの主となるのだ」と。

これを信じたウラジーミルは激怒して、イリヤーを都から追放した。勇士は故郷のムーロムに帰り、父母の元に暮らすこと三年。この不在を聞き

図4　A・リャーブシキン《優しき公ウラジーミルの宴》1888年、国立ロストフ・クレムリン美術館蔵

つけたのが異教徒イードリッシェ、タタールの軍勢を集めてキエフに迫って来た。一方イリヤーもやはり都が気にかかり、駿馬でキエフへ向かったが、追放の身では都に入れぬ、途中出会った旅の巡礼と装束一式交換して宮殿へ。案の定、留守の間にキエフには邪教徒があふれ、ウラジーミルの宮殿にはイードリッシェ。身の丈四メートル、肩幅二メートル、頭は特大の盥《たらい》のごとく、目は麦酒の杯のごとし。大公ウラジーミルは料理番に、公妃アプラクシアはイードリッシェの妻にされる寸前。

イリヤーは巡礼の帽子を目深にかぶり、杖をつきつき前へ出た。

「イードリッシェよ、わしはお前さんに知らせに来たのじゃ。わしは広野でイリヤー・ムーロメッに会うたぞ。明日にもここへ来るであろうよ」

イードリッシェは身を乗り出す。さて音に聞くキエフ一の勇士とはいかなる巨漢、どれほどの大食いか？　乞食巡礼は答えて曰く

「なに躯体も胃袋も常人並み、わしと同じほどであろうか」

イードリッシェは高笑い。そんなチビは両手にはさんで押しつぶし、広野に吹き飛ばしてくれようぞ！

「何しろ俺様がパンを食う時は
一度にかまど三つ分、
俺様が緑酒《ウォッカ》を飲む時は

桶でなみなみ三杯分、
俺様がスープを食う時は
大壺まるごとだからな！」
これに答えて巡礼は、
「ロストフのある坊主の家に、大食いの牝牛がおった。こいつ飲み過ぎ食い過ぎて、ついにはじけてしまったそうな。お前も同じ運命じゃ、この邪教徒め！」
イードリッシェは怒り心頭、こしゃくな巡礼に卓上の短刀を投げつけた。巡礼は素早く帽子で払いのけ、短刀は分厚い扉に突き刺さる。扉はふっ飛びイードリッシェの手下十二人を押しつぶす。巡礼は杖をふりあげイードリッシェの頭に一撃、怪物野郎の両脚をつかんで「やあやあこれは格好の武器！」とぶんぶん振り回す。巡礼は敵を倒しに倒して三時間、キエフには侵略者の種一つ残らなかった。
ウラジーミル公がイリヤーの手を取り、涙ながらに謝罪したことは言うまでもない。

大公ウラジーミルは歌物語で「太陽」「優しき公」などと呼ばれるキエフの要であり、実在したキエフ・ルーシの名君ウラジーミルＩ世（在九八〇—一〇一五。キリスト教を国教化したため「聖公」と呼ばれる）

かウラジーミルⅡ世（在一一一三―一一二五。ウラジーミル・モノマフとして知られる）のいずれか、あるいはその両方と関係があると考えられる。

しかしこの大公、歌物語では知力も腕力も発揮することがなく、トラブルメーカーでさえある。この物語では貴族の讒言を容れてイリヤーを追放したのだったが、ある時はまた、このキエフ一の勇士を深い穴倉に閉じ込め、水も食も与えてはならぬと命じた。この時はさすがに他の勇士達が怒り、大公を見捨てて広野へ去ってしまったから都は丸腰、遂に邪教徒「犬畜生カリン帝」を先頭に四十人の異国の皇帝と四十人の異国の王が各四万の軍を率いてキエフの城壁をとり囲んだ。

ここでキエフを救ったのは、公妃アプラクシアだった。「イリヤーは生きておりますよ。私があなたに隠れて水と食を与えてきましたゆえ」イリヤーは三年ぶりに太陽のもとへ出て、平謝りの大公を赦し、教会へ立ち寄り、武具を調え愛馬を引き出して、カリン帝の大軍を蹴散らしたのだった。「イリヤーとカリン帝」として知られる物語である。

イードリッシェもカリン帝もしばしば「タタール」と呼ばれるが、これは歴史上のモンゴル・タタールの襲来や現在のタタール人と直結するわけではなく、歌物語ではキエフ・ルーシにとっての外敵の総称である。イードリッシェの名前は、一説には一〇九五年にルーシの武者オリベグによって射殺されたポロヴェツ（当時キエフ・ルーシと敵対関係にあったチュルク系の遊牧騎馬民族）の使者イトラリであるとも言われているが、それにしてもだいぶ怪物じみた形容がされており、ロシア語の「偶像（イードル）」との関係も否定できない。

さてこのように、戦うイリヤーに死の文字はない。彼の力は巡礼を通じ神から賜わったもの、正教のために闘う限り、いかなる怪物いかなる大軍にも決して負けないからである。ただ一人、彼を組み伏せその胸に刃を突きつけることのできた若武者があったが、「鷹使い《ソコーリニク》」という名のこの男は、実はイリヤーが異国で成した息子であった。しかもイリヤーは、結局息子を我が手で引き裂き、広野にまきちらしてしまう。ではイリヤーの人生は、どのように終わるのだろうか。

イリヤー・ムーロメツ最後の旅③

老勇士が馬で広野を行く。彼の愛馬は栗毛の雄馬、尻尾は人の身の丈三つ分、たてがみは肘から指先までの長さ三つ分、体毛は親指から人差し指までの長さ三つ分、という毛並みの豊かさ、川や湖や草生い茂る沼を一またぎで跳び越える。

ある分かれ道でイリヤーは馬を止めた。目の前には中に熱を秘めた灰色の大岩。何やら文字が刻まれている。

第一の道を行けば死を得るべし

第二の道を行けば妻を得るべし
第三の道を行けば富を得るべし

馬上で老勇士は頭を振った。

「この老人が富を得てどうなろう。金も銀も大粒の真珠も十分ある。妻を得たとて老い先は短い。若妻をめとれば笑いもの、さりとて年とった妻など欲しくはなし」

かくしてイリヤーは死を得る道をたどる。やがて老勇士は盗賊の大集団に出くわした。総勢四万の盗賊の首領はイリヤーに言う。

「ご老人、馬を降りよ。金、銀、真珠をこっちによこせ」

イリヤーは、馬上からそれに答えた。

「命知らずの盗賊どもよ！　この老勇士から盗る物などないわ。もっとも轡《くつわ》と手綱は五〇〇ルーブル、鞍は千ルーブル、それにこの馬には値がつけられぬ。ただしこの老人は、闘いでは死なぬ定めよ」

盗賊共は勇士につめ寄る
この老いぼれを殺さんと
馬から引きずり下ろさんと
もはや闘いは避けられぬ

イリヤーは片手に鋭い剣を取り
片手にタタール由来の槍を取り
一気に馬を走らせた
前へ進めば広い道ができ
後ろへ退けば細い道ができ
老勇士は四万の盗賊を打ちのめした
すべての追いはぎを打ちのめした

イリヤーは来た道を取って返し、かの灰色の大岩に書きつけた。

「老勇士この道を行けど死を得ず」

次なる道は、妻を得る道。しばらく行くと、美しい集落が現れた。中にひときわ美しい御殿がそびえ、美女が善良な若者たちを中へ誘っている。イリヤーも馬を降り、導かれるまま白亜の御殿へ入った。するとそこには、絹でおおった食卓にご馳走と酒の支度。老勇士が遠慮なく飲み食いすれ

図5　V・ヴァスネツォフ《岐路に立つ騎士》1882 年、国立ロシア美術館蔵

ば、美女マリンカは一歩下がって彼にお辞儀をする。

「ご老人、もっと召し上がれ。私と愉しい時を過ごせるように」

イリヤーが満腹すると、美女は彼の手を取って暖かい寝室へと導く。そして寝台を指してイリヤーに言った。

「ご老人、奥へ寝てくださいな、若い私は端でけっこう」

だが、老勇士はその手には乗らぬ。

「いや、そなたこそ奥へ寝なされ。この年寄りが端に寝よう。年のせいでもなかろうが、わしは厠が近いのじゃ。夜中にしょっちゅう外へ出て、馬の様子も見て来るのでな」

言うなり老勇士は女の白い手をつかみ、女を寝台へ放り出した。と、何たることか、寝台と見えたのは真っ赤な偽物、マリンカの体はそのまま深い穴蔵へまっ逆さまに落ちていった。イリヤーが金の鍵を手にこの穴倉の扉を開ければ、中には大勢の王たち、王子たち、勇士たち、異国の人々。イリヤーは彼らを解放し、マリンカを広野へ連れ出して大木にくくりつけ、その心臓を射抜いたのだった。

イリヤーは来た道を戻り、あの大岩に書きつけた。

「老勇士、この道を行けど妻を得ず」

残るは富を得る道のみ。しばらく行くと広野に深い穴があり、中には金銀真珠がきらめいている。だが入口には山のごとき大岩。イリヤーは駿馬から降り、身をかがめ、肩を差し入れてその大岩を取りのけた。そうして中にある金銀真珠を手に入れると、その財宝で神の聖堂を建立し、鐘の鳴り響く鐘楼を造ったのである。イリヤーは来た道を戻り、かの灰色の大岩に書きつけた。

「老勇士ここを通り、富を得た」

三つの道を制覇したイリヤーはキエフへ帰り、とある洞窟の近くへさしかかった。すると……

そこへ目に見えぬ天使達が飛び来たり

イリヤーを駿馬から持ち上げて

かのキエフの洞窟へ運んでいった

老勇士はそこで永遠の眠りについた

この時よりわれらは歌い続ける

老勇士イリヤー・ムーロメッツの誉れを。

こうしてイリヤー・ムーロメッツは、最後まで闘いぬいて天使の手で天国へ運ばれていった。「かのキエフの洞窟」とは、一〇五一年に創建されたキエフ洞窟《ペチェルスキー》大修道院を指す。現在は世界遺産にも登録されているこの大修道院には、イリヤー・ムーロメッツのものとされる棺があると言う。イリヤーが実在した人物なのかどうかは依然分からないが、ルーシ最古の修道院の一つにして多くの聖者が修行し眠るこの聖地は、キエフを守り続けた老勇士が眠るには確かにふさわしい場所である。

（注）
（1）『ロシア・フォークロア大全　ブィリーナ全二十五巻』第一巻五三番「イリヤー・ムーロメツの治癒」に基づく。
（2）『白海のブィリーナ』第四三番、『ロシア・フォークロア叢書』第二一番の「イリヤー・ムーロメツとイードリッシェ」に基づく。
（3）『オネガのブィリーナ』の「イリヤー・ムーロメツの三つの旅」（五八番、一三一番、二四〇番、二八七番）に基づく。

2　ドブルィニャとアリョーシャの歌物語

ドブルィニャと大蛇①

ニキータ・ロマノヴィチは九十歳で没した。彼がこの世を去るとき妻の腹に遺していった息子こそ、未来の勇士ドブルィニャである。
ドブルィニャは三歳になり
外を歩き回るようになり
小さな子供たちと遊ぶようになったが
腹を立てて他の子の手をつかめばその子の手が外れ
足をつかめばその子の足が取れ
頭をつかめばその子の頭が抜け
胴をつかめばその子の胴が抜けてしまった。

ドブルィニャの母は息子に他の子と遊ぶのを禁じ、教会へ通わせることにした。ドブルィニャは教会に三年通って読み書きを覚えると、広野へ出て小さな蛇の子を踏みつけて来るようになる。そんな息子に母は忠告した。

若きドブルィニャよ、
広野の彼方へは行かないでおくれ
栄えあるサラセンの山々の
蛇どもの棲む穴へ行って
小さな蛇どもを踏みつけないでおくれ
蛇どもの棲む穴へ入って
ロシア人の虜を救い出したりしないでおくれ
若きドブルィニャよ、
母なるプチャイ川へは行かないでおくれ
プチャイ川では泳がないでおくれ
プチャイはひどい暴れ川
プチャイ川には二本の急流があり
第一の流れもそれは速いが

第二の流れは火の燃え移るがごとし
母の言葉は予言も同じ。青年ドブルィニャは武器を調え馬に鞍を置き、サラセンの山とプチャイ川目指して出発した。川に着けばさっそく服を脱ぎ、ざぶざぶと水に入る。第一の急流から第二の急流へと泳ぎ渡ったその時、
遥か広野のかなたより
西の空の方角より
突然の驟雨か、雷鳴の轟きか
さにあらず。凄まじき騒音とともに
若きドブルィニャの頭上に飛び来たるは
山そのものと見まごう大蛇
三つの頭をそれぞれにもたげ
十二の尾をうごめかす大蛇が
若きドブルィニャの頭上に飛来した
大蛇は哄笑する。「ドブルィニャは今や我が手

図6　V・ヴァスネツォフ《ドブルィニャ・ニキーチチとズメイ・ゴルィニチの闘い》1918年、V・M・ヴァスネツォフの家美術館蔵

中！　捉えて焼いて一呑みにしてくれよう！」勇士はとっさに水にもぐった。「火の燃え移るがごとし」と母がたとえた急流をやっと岸辺まで泳ぎ着いて水から上がれば、待ってましたとばかり大蛇が炎を吐きつける。白き裸身に火花が降りかかる。勇士は服と武器を目で探すが、どうしたことか、そこに置いたはずの美しい服も剣も、駿馬の姿さえどこにもない。ただ一つ、転がっているのはギリシャ渡来の帽子だけ。実はすさまじく重いこの帽子を、ドブルィニャはつかみ振りかざす。邪悪な大蛇に一撃、また一撃、十二の尾すべてを叩きのめすと大蛇の巨体は草の上に倒れた。ドブルィニャはすかさず大蛇の胴に駆けのぼり息の根を止めようとするが、大蛇は命からがら、

ああ、ニキータの息子ドブルィニャよ！
俺とお前で重大な契約を交わそう
お前はこれ以上先の広野へ馬を駆るな
サラセンの山へ行こうとするな
子蛇たちをこれ以上踏みつけるな
ロシア人の虜たちを助けようとするな
ドブルィニャよ、プチャイ川で泳ぐな
俺はこれ以上聖なるルーシへ行くまい
ロシアの人をこれ以上さらうまい

ロシアの虜をこれ以上増やすまい

ドブルィニャに赦されて大蛇は西の空の彼方へ飛び去った。

しかし、この契約はすぐに破られた。大蛇はキエフへ飛来して、太陽公ウラジーミルの姪ザバーヴァ姫をさらって蛇穴へ連れ去ったのである。大公は大蛇退治と姫の救出を勇士達に呼びかけたが、名乗りをあげる者はない。皆が押し黙る中、一人が大公に進言する。「その役目は若きドブルィニャにお任せを。彼は大蛇と契約を取り交わした者ですから」

ドブルィニャがうなだれて家へ帰ると、母は言う。

「お休みなさい、ドブルィニャ。朝は夜より良い考えが浮かぶもの」

翌朝、母は旅立つ息子に絹の鞭と異国のハンカチを与えた。

「お前の父も大蛇退治に行ったのです。いいですか、竜には棍棒でも槍でも剣でもなく、この絹の鞭をふるいなさい。それからこの異国のハンカチで、お前が疲れたらお前の顔を拭き、馬が疲れたら馬の胸を拭きなさい」

かくしてドブルィニャと大蛇は再び相対した。三昼夜の死闘の末、ついに大蛇がドブルィニャを捕らえ空高く振り上げる。すかさず勇士が取り出す母のハンカチ。顔を一拭きすれば疲れが消え、馬の胸を拭けば馬が駆け出す。一転、ドブルィニャは大蛇を組み敷き、絹の鞭をふりかざしてとどめの一撃を食らわせた。

大蛇の頭はごろりと転がり落ちた。死体からは大量の血が流れ、あたり一面を血の海にしてなお止まらない。その時、天から声が聞こえ、何をなすべきかをドブルィニャに教えた。勇士は自分の槍を地面に突き立てて叫ぶ。

「母なる潤える大地よ、
四方に割れよ、四方に裂けよ、
大蛇の血をすべて呑みこめ！」
するとと母なる潤える大地は裂け
蛇の血をことごとく呑みほした

西の空から飛来し多くの罪なき人々をさらってきた大蛇は、こうして永遠に大地に還った。ドブルィニャは蛇穴にいた多くの捕虜を助け出し、ザバーヴァ姫をキエフへ連れ帰って勇士の義務を果たしたのだった。

翼を持ち西の空から飛来する大蛇の姿は、蛇というよりも竜である。だが、この物語をふくめブィリーナに登場する大蛇（ズメイ）は「山」「地」「川」といった地形と強く結びついている。時にゴルィニチ（山の息子）と呼ばれ、蛇穴で無数の子蛇を養う姿はやはり「竜」よりも「大蛇」と呼ぶにふさわしく、闘いの舞台となるプチャイ川の「火の燃えるがごとき」急流も、それ自体がしゅるしゅると猛スピードで身を滑らせる大蛇を思わせる。モスクワ市の紋章にもなっている有名な聖ゲオルギーの竜退治はキリスト教世界共通の伝説だが、このドブルィニャの物語の方がよりロシアらしく泥くさい。

ドブルィニャ・ニキーチチはイリヤー・ムーロメッツと義兄弟の契りを交わしたキエフ第二の勇士である。父親に関する情報や子供の頃のエピソードは実はいろいろな筋のブィリーナや歴史歌謡に見られ（父親と同名の登場人物が本書にも登場する）この物語固有のものではない。が、ドブルィニャが良い家柄の出身で賢母と共に暮らす落ち着いた勇士であるという基本的な人物像には変わりがない。ウラジーミルI世（聖公）の伯父にドブルィニャという人物が実在したこと、プチャイ川がドニエプル川の支流で、ウラジーミルI世が住民に洗礼を受けさせた川として知られていることから、この歌物語がルーシのキリスト教化を物語化したものではないかと昔から言われているが、歴史がどう歌物語に反映されるかについては確たる答えが今も出ていない。

ドブルィニャとアリョーシャ(2)

ある時ドブルィニャは、長くキエフを離れることになった。徴税のため、また敵の襲撃を防ぐため、異国を転々とする旅だ。短くて三年、おそらく六年は戻れまい。出発の朝、ドブルィニャは妻ナスターシヤに言い残した。

私の帰りを三年は待て
そして次の三年も待て
さらに次の三年も待て
九年の時が流れたら
十年目には帰りを待つには及ばない
後家で暮らすもよし、他に嫁ぐもよし
公にでも貴族にでも、
屈強な勇士にでも嫁げばよいが、
アリョーシャ・ポポーヴィチだけには嫁して
　はならぬ
アリョーシャは我が義弟
しかも私を嗤う輩なれば

それだけ言うとドブルィニャは、愛馬の背に汗

図7　V・ヴァスネツォフ《勇士たち》1898年、トレチャコフ美術館蔵（向かって左から、ドブルィニャ、イリヤー、アリョーシャ）

取りのフェルトをおき、チェルケス製の鞍をのせ、絹の腹帯を十二本も締めてやり、ひらりと馬上の人となった。後ろにはドブルィニャの号令を待つ親衛隊。一団は地を駆けるのも面倒とばかり町の城壁を跳び越し、たちまち広野の一陣の土ぼこりとなって遠ざかっていった。

それから九年。キエフにドブルィニャの報せをもたらしたのはアリョーシャ・ポポーヴィチである。

「今しがた広野から戻りましたが
ドブルィニャの遺骸を見ましたぞ
胴は広野の真ん中に横たわり
頭は低木の茂みに転がって
はめていた金の指環もありました。
ですからキエフの君主ウラジーミル大公よ
結婚の申し込みに参りましょう
若きナスターシヤ・ミクーリチナが
私アリョーシャ・ポポーヴィチに嫁ぐよう」

大公ウラジーミルはアリョーシャの言うままに、ナスターシヤのもとへ使いを出した。嫌と言うなら力づく、それでもだめなら軍を送ると脅して、アリョーシャとの再婚を迫ったのである。ナスターシヤはついに夫の戒めにそむき、結婚式のため教会へ引かれていった。

館にひとり残された老母は、鳩舎に上って息子の可愛がっていた鳩のつがいを外へ出した。

「おまえたちの主人を探し出し、このことを伝えておくれ」

と言い含めて空に放てば、二羽は広野をわたり森を越え、ドブルィニャを探しに飛んでいく。

その頃ドブルィニャは、はるか異国の客となっていた。その窓辺へ鳩が飛んで来て、留守宅に起きた不幸を告げる。ただちに勇士は駿馬にまたがり、川や湖は一っ飛び、海は泳ぎ渡って一路キエフへ。やっとなつかしい我家に戻れば、なんと母が彼を見て「どちらさま?」と問う始末。九年間の旅の日々は彼の面立ちをそれほどに変えたのだ。だが知恵者ドブルィニャは策を立てた。母に頼んで放浪芸人の衣装とその楽器グースリを出してもらったのである。

放浪芸人に扮したドブルィニャは、ウラジーミル大公の宴をめざす。あやしまれずに芸人として広間に通ったドブルィニャは、入口に近い暖炉わきに腰をおろし、膝にのせたグースリをつまびきながら遠い異国の歌物語を語りだす。その音色の美しいこと、語りぶりの巧みなこと、静かに弾けば客はしんとして聴き入り、陽気にかき鳴らせばみな踊りだす。大公は喜んで芸人を近くに呼び、どこでも好きな席につけと言った。

　ドブルィニャは貴賓の宴にまじり
　アリョーシャとその新妻の向かいに席を占め
　グースリを弾きはじめた。

最初はツァーリグラード（3）の曲を
次にはエルサレムの曲を
三つめはいよいよ長々と
自分の旅をすべて弾き語った

その旋律と歌声にはっとしたのは妻ナスターシヤただ一人。歌い終えた芸人は大公に頼んだ。「勇士アリョーシャの奥方に命じて下さらんか。私の杯に緑酒《ウォッカ》を注ぐように」
ナスターシヤが芸人の杯になみなみと酒をつげば、芸人は一息に飲み干して返杯する。ふちまで酒をたたえた杯を差し出しつつ、彼はナスターシヤに言う。

「底まで飲めば幸《さち》が見えよう
飲みほさなければ幸は見えまい」
彼女は飲み干し、幸を見た。
それは、勇士ドブルィニャの
証したる金の指環であった
そして彼女はこう言った
「わが夫は、私の隣にはおりませぬ、
わが夫は、私の向かいにおられます！」

ドブルィニャは立ち上がり、卓ごしにアリョーシャの金色の巻き毛をむんずと掴み、体ごと持ち上げて床に叩きつけた。さんざん鞭で叩きのめし、「生きた夫を死んだと偽り、妻を奪うとは許せぬ。義兄弟で良かったと思え、さもなくばもう殺しているところだ！」と、命ばかりは助けたのだった。

そしてドブルィニャは、若き愛妻
ナスターシヤ・ミクーリチナの手を取って
なつかしき母御のもとへ戻り
無事帰還のあいさつをした
ドブルィニャの歌は永遠《とわ》に歌われる
青き海が静まるように
善男善女が聴くように

アリョーシャ・ポポーヴィチは、ロストフの司祭《ポープ》レオンチイの息子である。ここにあげた歌物語があまりに有名なので好色で軽薄なイメージがしみついているが、実はちゃんと勇士としての武勲もある。アリョーシャの名誉のために、簡単に紹介しておこう。

舞台はウラジーミル公の宴席。アリョーシャはまだロストフからやって来たばかりで、暖炉の陰の末席に腰掛けていた。そこへ突然、「大蛇の息子」で「畜生」たる異教徒トゥガーリンが乱入してきた。ウラジーミル公とアプラクシア妃の間にどっかり座り込んだトゥガーリンは、運ばれてきた白鳥にナイフを突き立て、丸ごと口へ放り込み、ガツガツ噛み砕いてペッペッと骨を吐き散らす。アリョーシャが思わず末席から声をあげる。「ロストフの年寄り犬は、テーブルの下を這いまわって、白鳥の骨を喉に詰まらせてくたばった！　畜生トゥガーリンもそのうち野に転がろう！」

怒ったトゥガーリンは若者にナイフを投げつけ、広野へ出ろと言う。

トゥガーリンとの一騎打ちに向かう途中、アリョーシャは一人の巡礼に会った。ギリシャ渡来の兜をかぶり、九〇プード[4]の杖を持つこの男は、誰あろうアリョーシャの義兄弟グーリユシコ。アリョーシャは義兄の巡礼装束をそっくり身に着けて広野へ出た。さてトゥガーリンはいずこと見れば……

　かの畜生は雲居を飛び回る
　その馬に紙の翼があるがゆえ
　そこでアリョーシャ・ポポーヴィチは
　万物を統べる救世主に祈った
　主を生み給いし聖母に祈った
　「万物を統べる我らが救世主よ！
　主を生み給いし聖母よ！

天より大雨を降らせたまえ
トゥガーリンを濡らし、地に落としたまえ
司祭の子の祈りは天に通じ、広き野にはたちまち大雨が降り始める。紙の翼はひとたまりもない。馬はトゥガーリンを乗せたまま大地に墜落。機敏なアリョーシャは倒れた馬のたてがみにもぐりこむと、あの途方もなく重い杖の一撃を至近距離からトゥガーリンに加えた。怪物の首はボタンがはじけるように飛び、アリョーシャはトゥガーリンの身体をちぎって広野にばらまき、首は槍に刺してウラジーミル公の宴へと凱旋したのだった。

これがアリョーシャの若き日の武勲。敵役トゥガーリンの名前は一〇九六年にルーシとの戦いで亡くなったチュルク系遊牧民ポロヴェッツの長トゥゴルカンから来ていると推測される。一方アリョーシャ（アレクセイ）という名前は十三、十四世紀のロストフやスーズダリの年代記に勇気ある武者として何度も登場し、この地方の伝説にも語られていることから、ロストフ公国で勇気ある人物として知られていたらしい。一二二三年にカルカ河畔の戦いで戦死したアレクサンドル・ポポーヴィチについても、歌物語のアリョーシャとの関連が指摘される。ただの色男ではない、雄々しい勇士だったようである。

（注）

（１）『ロシア・フォークロア大全』第一巻十二番、『オネガのブィリーナ』第七九番、一四八番の「ドブルィニャ・ニキーチチと大蛇」に基づく。

（２）『ドブルィニャとアリョーシャ』第五四、六四―六六番に基づく。

（３）コンスタンチノープル、今のイスタンブール。

（４）一プードは約十六キログラム。

3　超人たちの歌物語

大聖山《スヴャトゴール》の最期（1）

都キエフを遠くはなれた広野の地平線を、砂の柱が動いていく。

いや砂の柱ではない、雲つくような巨人と、猛獣と見まごう荒馬だ。巨人は退屈しのぎに鋼鉄の棍棒を放り上げ、天から落ちるのをつかんでは、また投げる。その名は「大聖山《スヴャトゴール》」。全身にみなぎる力は血管を破ってあふれ出んばかり、地上にはもはや力だめしの相手とてない。退屈のあまり巨人は思わず不遜な言葉を吐いた。

「もし取っ手さえ見つかれば、地面まるごと持ち上げてやるのだが！」

ふと見ると目の前に小さな袋が落ちている。巨人は何気なく馬上から手を伸ばし、鞭の先で袋をひょいと持ち上げた……はずが、袋はぴくりとも動かない。そこで巨人は馬を降り、片手で取ろうとするが無理。両手でつかんで満身の力をこめれば自分の両脚がめりめりと地面にくいこむ。ついに巨人は膝まで地に埋もれ、額からは汗、いや血が幾筋もしたたり落ちた。スヴャトゴールは言う。
「私ももはやこれまでか
忠実なる勇士の馬よ、どうか
今こそ主人《あるじ》を救っておくれ！」
巨人は銀の轡をつかみ
金の腹帯をつかみ
銀のあぶみをつかんだ
勇士の馬は、渾身の力で
主人を潤える大地から引き出した
巨人はようやく馬上の人となったが、疲れて深い眠りに落ちた。そこへ行き合わせたのがキエフの勇士、イリヤー・ムーロメッツ。だがイリヤーが呼べど叫べど巨人は起きぬ。棍棒で叩けど目覚めない。そこでイリヤーは馬首を返し、助走をつけて棍棒でもう一発。それでも巨人は眠ったまま。遂にイリヤーは重さ四〇プードの鞭を取り出した。これを思うさま巨人の体に振り下ろせば、鞭を持つ手がびりびりしびれる。さすがのスヴャトゴールも目を覚まし、ぼそりとつぶやいた。
「いやあ、ロシアの蝿に噛まれると、なかなか痛い」
巨人はイリヤーの髪をつかむと、馬ごとポケットへ放り込んだ。イリヤーはあきらめて巨人と十字架を交換し、義兄弟の契りをかわしてスヴャトゴールの弟分となった。

さて、兄弟が馬を並べてしばらく行くと、目の前に忽然と現れたものがある。見れば槲《かしわ》でできた巨大な棺。まずイリヤーが入ってみるが、長すぎる、広すぎる。次にスヴャトゴールが横たわると、これはぴったり、あつらえたようだ。たわむれに巨人は蓋を閉めさせる。すると棺はたちまち密閉され、イリヤーがいくら力をこめても、ひび割れほどの隙間もできぬ。苦しみ悶える巨人は「お前の剣で蓋をたたき斬ってくれ」と懇願した。

イリヤーは鋭き剣を取り
槲の棺に斬りつけた
だがイリヤーが斬った場所には
たちまち鉄のたががはまる
イリヤーが縦横に斬り付けると
縦横に鉄のたががはまった

スヴャトゴールに死が迫る。虫の息の巨人はイリヤーに伝えた。

「おまえが棺に顔を近づければ、おまえの顔に息をふきかけ、俺の力をおまえにやろう」

だがイリヤーは首を横に振った。

私はもう白髪の出る齢

あなたの力は必要ない
いまある力で十分だ
もしもあなたの力をもらったら
母なる潤える大地は私を支えられまい

こうしてイリヤー・ムーロメツは義兄弟スヴャトゴールと永遠に別れ、キエフへ向かった。そしてスヴャトゴールの壮絶な最期を物語ったという。

「大聖山《スヴャトゴール》」の物語は、二つの物語に分かれることもある。巨人が袋を持ち上げようとして果たせない話と、自ら運命の棺に入って死んでしまう話とである。前者では馬に救われることなく命を落とし、時に語り手によって「神様に罰せられた」と説明される。巨人が持ち上げられない小袋、それは彼自身の言葉にあった大地の取っ手だろう。注意深い読者な

図8　I・ビリービン《イリヤー・ムーロメツとスヴャトゴール》1900年代、国立ロシア美術館蔵

ら、イリヤー・ムーロメツが巡礼から力を授かった時に「もし天を支える柱があって環があれば、その環を片手でつかんで大地をひっくり返せる」と言い、巡礼に力を半減されたエピソードを思い出すに違いない。

ロシア・フォークロアには「母なる潤える大地」という常套表現があるが、ロシアの農民たちにとってこの言葉は単なる比喩や枕詞ではなかった。長く厳しい冬に続く雪解けの大洪水で、ロシアの大地は一年分の水分をため込む。そこを馬に繋いだ犂と鍬で少しずつ耕す人々にとって「母なる潤える大地」はまさに実感なのである。スヴャトゴールは名前からして自分自身が既に大地の一部であり、それだけに死に際にイリヤーに渡そうとする力はあまりに重かった。イリヤーは農民の子だからこそ「母なる潤える大地は私を支えられまい」と大地を気遣い、謙虚に申し出を断ったのである。

死にゆく巨人が勇士に自分の力を渡すというモチーフは、A・プーシキンの物語詩「ルスランとリュドミラ」で、ルスランが「大頭」と出会い、彼が守っていた剣をもらうエピソードにも通じよう。

変身する勇士ヴォルフ(2)

緑なす庭を、ひとりの姫が散歩している。フセスラフ公の娘マルファだ。そぞろ歩くうち、彼女はふと石から跳びおりた。ところがそこには恐ろしい蛇。踏まれた蛇はたちまち姫の足にまきつき、はい上がり、その尾で白い太股を打った。
　その時公女はみごもった
　みごもって男の子を生んだ
　空には明るい月が照りかがやき
　キエフには強き勇士が生まれた
　若きヴォルフ・フセスラヴィエヴィチ
　潤える大地が揺れ
　天竺《インディア》の王国が震え
　青き海が荒れだした
　それはみな、若き勇士ヴォルフが
　生まれたがため
　魚は海の深みへもぐり
　鳥は空の高みへ飛び去り
　野牛や鹿は山奥へ駆けこみ

図9　I・ビリービン≪ヴォリガーはかますに変身した≫ 1904年（ブィリーナ「ヴォリガー」の挿絵。ヴォリガーはヴォルフに同じ）

兎や狐は茂みから茂みへ
狼や熊は森から森へ
テンは島から島へと駆ける

誕生から一時間半後、赤ん坊はしゃべりはじめた。その声はまるで雷がとどろくよう。しかも最初に言った言葉は、「母上、おしめはいりませぬ。それより鋼《はがね》の甲冑を、頭には金色の兜を、右手には鉛の棍棒を下さい」

神童ヴォルフは七歳で読み書きを覚え、十歳で数多の術を身につけた。美しい鷹に変身すること、灰色の狼に変身すること、金の角もつ野牛に変身すること。十二歳で作り始めた親衛隊は十五歳には総勢七千人。全員ヴォルフと同い年、若く勇敢な仲間達だ。

ちょうどその頃、キエフに不吉なしらせが届いた。はるかなる天竺の王が、キエフを襲撃して来るという。先手を打つべくヴォルフ達は出発する。天竺までは恐ろしく遠い道のり、だが一行は何ひとつ不自由しない。

兵士は眠るが、ヴォルフは眠らぬ
灰色の狼に変じ
暗き森や林を駆けめぐり飛びまわり
鹿の群れを狩り

狼も熊も逃がさず
黒テンや豹は格好の獲物
兎や狐も厭わぬ
かくしてヴォルフは勇敢なる軍団を養い
立派な若者たちに衣服履物を与えた

こうしてヴォルフ軍は、いよいよ天竺の国をのぞむところまで来た。ヴォルフは兵に、「野牛に変じて広野を走り、偵察して来る者はいないか？」と問うが、みなうなだれるばかり。そこでヴォルフはみずから金の角もつ野牛となり、またたく間に広野の彼方へ消えた。鷹に変じて高い城壁を飛び越え、白亜の宮殿の窓辺に舞いおりれば、天竺の王妃の声がする。

「王様、あなたはルーシへ攻め込むおつもりですが、ご存知ないのです。空に明るい月が輝くように、キエフに強き勇士が生まれ、あなたの敵となったことを」

そこでヴォルフはたちまち小さなイタチに変じ、地下室から高い塔の上まで宮殿中を駆け回った。弓という弓の弦を噛み切り、矢はことごとくやじりを外し、鉄砲からは火打石も弾をこめる棒も引き抜いて、みな土に埋めてしまった。そうして再び鷹になると、仲間のところへ飛んで帰った。

「勇敢なるつわものたちよ！　目を覚ませ、いざ天竺の国へ乗り込まん！」

だが一行が城壁を見上げれば、石の壁は頑丈で、そびえる門は鉄、かんぬきは銅。昼も夜も門番が立ち、すきまと言ったら門扉の海獣の牙にほどこされた透かし彫りぐらい。若武者たちは嘆き悲しむ。
この壁が乗り越えられようか？
　若きヴォルフは知恵をめぐらせ
みずから蟻に姿を変えると
若者達もみな蟻に変えた
彼らは白き石の壁を抜け
若者たちは向こう側に出た
栄えある天竺の王国に
ヴォルフは皆を立派な若者に
甲冑に身をつつんだ武者姿に戻し
皆に次なる指令を与えた
「皆のもの、勇敢なるわが軍団よ！
天竺の王国をくまなく歩き
老いも若きも首を斬れ
王国に一粒の種も残してはならぬ
ただおのおの一人ずつ

全部できっかり七千人の
美しい娘を選ぶがいい」

ヴォルフ自身は宮殿へ。鉄の扉を蹴やぶり鋼の錠前をこわし、王に歩み寄るとその白い腕をむんずとつかんだ。

「王たる者を殴ったりいたぶったりはせぬものだ」

言うなりヴォルフは王の体を煉瓦の床にたたきつける。あわれ王様は粉微塵。

かくして、ヴォルフは天竺の王妃を妻として新しい王となり、七千人のルーシの勇士はそれぞれに新妻を得て城下の住人となった。蔵から出した金銀財宝、おびただしい牛馬の群も、皆で分けたという話。


ヴォルフは勇士というより魔法使いで、ヴォリガーとも呼ばれる。七千人の勇士はヴォルフによって作られた七千体の人形のようだし、敵「天竺」はあまりに遠く漠然としていて、無抵抗でヴォルフに乗っ取られる。そして主人公はキエフに帰ってこない。おそらく彼は最初からキエフの勇士ではないからだ。ヴォルフを十世紀のキエフ・ルーシの大公オレーグと同定する説もあるが、この話の採録数自体が少ないこと、物語の内容が多分にファンタスティックであることから積極的に支持できない。むしろソ連時代にV・プロップが『ロシア英雄叙事詩』（一九五五）で書いたように、この物語には古代スラヴ人のトーテミズム的観念が反映されており、ヴォルフは勇士よりも獣遣いや狩人に近い形象だという説明の方がしっくりくる。

ロシア歌物語には、このヴォルフ（ヴォリガー）がミクーラという農夫と旅する話があるが、ここではヴォリガーはすっかり主人公ミクーラの引き立て役だ。こんな話である(3)。

ヴォリガーはその日、大公から拝領した町へ行くため親衛隊と共に馬を走らせていたが、遠くに一人の農夫が働くのが見えた。ヴォリガーは農夫の方へ馬を走らせるが、一向に追いつけない。翌日の昼まで走り続けてようやく声をかければ、この農夫はヴォリガーの行き先の町でつい先日盗賊退治をしたと言う。そこでヴォリガーはこの頼もしい農夫を連れて行くのだが、しばらくすると農夫が言い出した。「わしは畑に犂を置きっぱなしじゃ。ひとつ御家来に命じて、犂を地面から引っこ抜き、先についた泥を払って、茂みのかげに放り込んで来て下され。」すぐに三人の家臣が向かったが戻ってきて、犂は一向に地面から抜けないと言う。次には十人が向かうがこれも空しく帰って来る。ついに一行全員で取って返し、三十人のつわものが総がかりで犂の柄をつかむも、地面に刺さった犂はびくともしない。結局、犂を地面から引き抜いて泥を払い、茂みの陰へ投げこんだのだだのは農夫自身だった。

何とも不思議なこの農夫。馬を普通に歩ませればヴォリガーの名馬は駆け足になり、農夫の馬が走り出せばヴォリガーはとても追いつけない。あなたは一体何者と問うヴォリガーに答えて農夫は言った。

「さればヴォリガー殿、スヴャトスラフのご子
　息よ
わしはライ麦を育て、積み上げ
積み上げた麦を家まで運び
運んだ麦を脱穀し
荒く挽いたらビールを醸《かも》し
ビールを醸して農民にふるまう
すると皆はわしをこう呼ぶ
〝立派なミクーラ、農夫の子よ！〟とな」

ミクーラとはニコラの別称、つまりこの不思議な「農夫の子」は、ロシアの庶民が敬愛してやまない聖者ニコラの現われだったのである。魔法使いであり狩人であり勇士であるヴォリガーに、農民の代表ミクーラが難なく勝ってしまうこの物語を聞く時、庶民の心は誇りに高鳴ったに違いない。

図 10　N・マトーリン《ミクーラ・セリャーニノヴィチ》1917 年の絵葉書より

（注）

（1）『ロシア・フォークロア叢書三　ブィリーナ』第三番「スヴャトゴールと振分け袋」、第五番「スヴャトゴールとイリヤー・ムーロメッツ」に基づく。

（2）『キルシャ・ダニーロフの蒐集せるロシア古詩集』第六番に基づく。

（3）『オネガのブィリーナ』第七三、九一、一五六番「ヴォリガーとミクーラ」に基づく。

4　華麗な男たちの歌物語

誇り高きデューク[1]

ある日、ガーリチ[2]から一人の貴公子がキエフにやって来た。

人々はその馬に目を見張る。たてがみと尻尾は地面に届くほど、背にかけた織物には金・真珠・銅の縫い取りにルビーが光る。腹帯は七色の絹、留め具は銀、鞍にくくりつけた大きな袋は金貨や豪華な衣装ではちきれそう。

貴公子の名はデューク・ステパーノヴィチ。ウラジーミル大公が礼拝中と知って早速教会へ向かった。作法通りに十字を切り、礼儀正しく挨拶し、大公と並んで教会を出たまでは良かったが……

「ガーリチとキエフがこれほど違うとは！　ガーリチでは、橋には肝木《カリーナ》を使い、鉄の釘を打ち、赤じゅうたんを敷きますが、ここの橋は松を使って木の釘を打つ。橋がゆがんでおりますぞ！」

宮殿へ来れば、自分の馬がカラスムギを与えられているのを見て、

「飢え死にしてしまう！　あの馬はガーリチでは小麦でさえ嫌がるのに」

と嘆き、食卓ではビールのジョッキを手に、

「ガーリチでは、ビールは樽を地下室に鎖でつないでぶらさげ、管で外気を送るから、新鮮でうまい。キエフでは樽を地面に置くから、ビールが腐るのだ」

と難じる。白パンが出されても口にもせず、

「ガーリチのかまどは、外側はタイルで内側は銀、絹のほうきで掃く。キエフでは、煉瓦と粘土のかまどを松の小枝で掃くものだから、パンが松葉くさい」

さあ、怒ったのは居並ぶ勇士たち。中でもキエフ一の伊達男チュリーラは、デュークは百姓達から奪ったはした金を自慢しているにすぎぬと決めつけた。ところがデュークは「自分はキエフの町ごと買占められる」などと言ったものだから、地下牢行き。大公は、誰かをガーリチにやってほら吹きの財産を調べさせることにした。

西の国に送られたのはドブルィニャだ。ガーリチの町へ入ると壮麗な館が見えてきた。デュークの家と判断したドブルィニャは館の女主人に最敬礼。

「デューク殿の母君、御機嫌よう」

おびただしい金を絹のドレスが見えぬほどに身に着けたその貴婦人は言う。

「母君とはとんでもない。私はデューク様のパン焼き係」

勇士は翌日、さらに立派な館に入るが、そこの主はデュークの洗礼母。彼女は教えた。

雄々しき若者よ
明日の朝早く起き出して
乞食の格好で教会に行きなさい。
最初に、道を掃き清める者たちが通り
次に、道を平らにする者たちが通り
その次に、敷物をしく者たちが通って
赤じゅうたんが敷かれると
その上を三人の女が歩き
日傘を差しかけていますから
その方にご挨拶するのです

ドブルィニャは、教えられた通り物乞いの格好をして、やっとデュークの母に声をかけることができた。事情を知った母君は、まず勇士を長靴の収納部屋に案内する。ところがその長靴の数たるや、文字通り数えきれない。鞍の部屋へ案内されれば新品の鞍が、馬小屋へ行けば値のつけられない逸物の駿馬がずらりと並び、どこからどこまでとも分からない。さらに地下室へ入ってドブルィニャは呆れはてた。純金のつまった樽が広い部屋に並びに並び、どこが端やら見渡せぬ。彼はキエフへ手紙を書いた。

「ウラジーミル大公殿下。荷車三台分の紙と三十人の書記を送られたとして、三年間書き続けても、デュークの財産は書ききれませせぬ」

かくしてデュークの嘘つきの疑いは晴れた。が、チュリーラの腹の虫はおさまらぬ。彼は牢から出たデュークに途方もない賭けを吹っかけた。向こう三年間、毎日新しい衣装を着て、その華麗さを競おうというのである。

キエフの町はこの賭けに沸いた。人々はこぞってチュリーラに賭け、毎日新しい服を着せる。しかしデュークも大したもの。豪華な衣装をとっかえひっかえ、ついに勝負は、三年の歳月が満ちるその日まで持ち越されたのである。

その朝、キエフの人々はチュリーラに最高の装いを準備した。爪先のつんと尖った緑の山羊皮の長靴、金糸銀糸のモールがついた丈の長い上着。純金のボタンは愛らしいりんごの形で、そこにかけるループは七色の絹。羽飾りのついた帽子をかぶって朝の礼拝に教会へ向かえば、人々はみな惚れ惚れとお辞儀する。

一方デュークは、この日も一人で身支度する。色とりどりの絹布を編んだ靴は爪先が錐のように尖り、編み目ひとつひとつにルビーがはめこまれ、夜道をも照らす輝き。外套は黒テンの毛皮を内側に、緑のびろうどを外にして仕立てられている。

純金でこしらえたボタンには
見事な細工がほどこされ
七色の絹のループがかかる
ボタンは獅子や猛獣の姿
ループは恐ろしき大蛇の姿
七枚はぎの帽子をかぶり
神の教会に向かったその時、
デュークの胸の猛獣が吼え出した
デュークの胸の大蛇が騒ぎ出した
その咆哮はキエフじゅうに響き
人々はデュークの前にひれ伏した
「デューク様に神のご加護あれ！
チュリーラを打ち負かしなすった」

さすがのチュリーラも、咆哮する金ボタンにはかなわない。だが、プライドを傷つけられた伊達男はあきらめきれず、今度は馬で広い川を跳び越

図 11　A・リャーブシキン《チュリーラ・プリョーンコヴィチ》1895 年

そうと言い出した。さて、デュークは難なく向こう岸へ跳び移ったが、あわれチュリーラは馬もろとも川の中。ライバルに金の巻き毛をつかんで助け上げられた。ウラジーミル公は言う。

「若き貴公子デューク・ステパーノヴィチ、宮殿へ来て歓迎の宴席につかれるがよい。白鳥の肉なりと召し上がるがよい」

だがデュークは静かに答えた。

「都キエフのウラジーミル公よ
朝から照りつけなかった太陽は
夕方になっては暖められぬ
来た時に私を重んじなかった貴公が
去り際に私を重んじることはできぬ」
言うなりデュークは駿馬に飛び乗った
乗るところまでは目にも見えたが
走り去るところは目にもとまらぬ
このとき以来人々は
デュークの物語を語りはじめ
これからも永く語り続ける

歌物語の主人公は勇士や魔法使いばかりではない。時にキエフには、べらぼうな財力と美的センスを持つ男たちが現れる。デュークは進んだ文化と経済的繁栄を誇る西の国から来た勇士で、その名には西欧貴族の称号がうかがわれる。彼の出身地ガーリチは、キエフ・ルーシの時代に西方のドニエストル河畔にあったガーリチ・ヴォルィニ公国の都である。歌物語のキエフにとって、同じキリスト教でも西方教会の国であるガーリチは地理的な距離以上に心理的に遠かったのか、歌物語では両都市間には大蛇や怪物がうようよしている。と同時に、キリスト教化の時期が早くヨーロッパに隣接するガーリチは、キエフよりも物品が豊富で先進的な地だったのだろう。あこがれと感嘆のこもる物語である。

次の話の主人公も異国の客人、めずらしい商品を満載してキエフへやって来た大商人である。

豪商ソロヴェイ(3)

高きかな、高きかな天は
深きかな、深きかな大海原は

広きかな、このはるかなる大地は
深きかな、このドニエプルの淵は
碧き海のかなたの
緑の入り江のその奥の
音に聞こえた都レジェネツ[4]
海のかなたのこの王国から
漕ぎ出したる三十艘の船団
三十艘のうち一艘には
その名も高き大商人
ブジミールの息子、若きソロヴェイ[5]

珍しい商品を満載して、いずれも美しい異国船がドニエプル川をさかのぼって来た。わけても華麗なのが豪商ソロヴェイのハヤブサ号。船ぜんたいが獣をかたどり、その両眼は大粒のルビー、眉はヤクーチヤ[6]産の黒テンの毛皮、口髭代わりに鋼のナイフが左右に突き出し、両耳は鋭利なタター

図 12　N・レーリヒ《海外商人たち》1901 年、トレチャコフ美術館蔵

ルの槍に、白イタチの毛皮が揺れる。たてがみは赤キツネの、尻尾は極北の白熊の毛皮。

華やかなタイルでおおわれた船室には、海獣の牙でこしらえた豪奢な椅子。びろうどを敷いて座っている美しい青年こそ、この船団の若き持主、ソロヴェイ・ブジミーロヴィチだ。目下、キエフの君主ウラジーミル公に何を贈ろうかと部下と相談中。

「この船には金貨のほか、黒テンの毛皮四十枚の束が四十、赤キツネの毛皮四十枚の束が四十。ほかに錦もございます。ツァーリグラードの精緻な模様、エルサレムの複雑な模様、ソロヴェイ様ご自身の絵柄。金糸銀糸に少しの歪みもありませぬ」

やがて船はドニエプルの流れに錨を投じ、キエフの港に続々と積荷を降ろした。法外な関税にもソロヴェイは涼しい顔、すぐに大公の宮殿へ向かう。明るい迎賓の間に通り、聖像に祈りを捧げ、ウラジーミル公とアプラクシア妃にお辞儀をし、高価な贈り物を差し出せば、その品々の見事さ珍しさに、公は思わず申し出る。

「大商人ソロヴェイ・ブジミーロヴィチ殿！　貴殿には公の館を差し上げようか、それとも貴族の、いや大地主の館がお望みか」

ソロヴェイは答えて曰く、

「公の館も貴族の館も、大地主の館も要りませぬ。ただ、まだ鍬の入らぬ地面を少々賜りたい。大公さまの姪御、若きザバーヴァ姫の緑の庭の中、桜の園と胡桃の園に、壮麗なる館を建てたいと存じます」

公と公妃はソロヴェイの望みを容れた。すぐにソロヴェイは船にもどり、部下たちに告げる。ただちに鋼の斧を取り、ザバーヴァ姫の庭へ行って、壮麗なる御殿を建てるように、と。夜も更けていたが部下たちは賢明の働き、真夜中までには金の屋根を持つ御殿が三つ完成した。玄関には明るく精緻な透かし彫りがほどこされている。その様子は

天に陽のあるごとく御殿にも陽があり
天に月のあるごとく御殿にも月があり
天に星のあるごとく御殿にも星があり
天に暁のあるごとく御殿にも暁がある

その美しさはまさに天上の美。目覚めたザバーヴァ姫は窓を開けて、一夜にして現れた三つの金の屋根に思わず声をあげる。

「ねえやたち、ばあやたち、小間使いの可愛い娘たち！　行って見て来てちょうだい、桜と胡桃の園に奇跡が起きたの！」

「姫さま、ご自分の目でご覧なさい。姫さまの幸せが、お近くへやって来たのです！」

そこで姫は身支度をととのえ、黒テンの外套をはおって庭へ出た。ひとり御殿へ近づいて中の様子をうかがうと……

第一の御殿から聞こえたものは
チャリンチャリンと金のふれあう音
ソロヴェイの金貨が積まれているのだ
第二の御殿から聞こえたものは
誰かが静かに話す声
静かな声はひたすら祈りを唱えている
ソロヴェイの母、賢く立派な未亡人が
神に祈っているのだ
第三の御殿から聞こえたものは
鳴り響く音楽のしらべ

姫は第三の御殿の扉を開けた。陽光あふれる玄関の間に息を呑み、奥へ通じる扉を開けると、姫は思わずその場に座り込む。壁を彩る太陽や月は、本物かと見まごう輝き。姫に気づいたソロヴェイは、鳴らしていたグースリを放り出すと、駆け寄って姫の白い手をとり、象牙の寝台に横たえ、羽枕をあてがって優しくささやく。

「ザバーヴァ姫よ、何を怖れる？　貴女も私も年ごろなのに！」

「ええ、私ももう嫁ぐ頃あい。あなたに結婚を申し込みに参りましたの！」

二人はキスをかわし、金の指環を交換した。

しかし、婚礼はすぐには行なわれなかった。ソロヴェイの母が、息子は結婚前にもう一航海して財産を増やすべきだと考えたからである。

この留守を利用してザバーヴァ姫を横取りしようとたくらんだのが伊達男のダヴィドである。ダヴィドはソロヴェイと同時に出航したが、一足先にキエフへ戻り、ウラジーミル公に報告した。

「海の向こうの都レジェネツで、ソロヴェイは脱税の咎で投獄され、船団も没収されました！」

ウラジーミル公はそれを聞くや、花婿をダヴィドにすげ換えて、結婚式に教会へと出発した。

まさにその時、キエフに九十艘もの大船団が入港した。降りてきたのは白装束の巡礼が四十人、それに同じく巡礼姿のソロヴェイ・ブジミーロヴィチ。四十一人の巡礼はまずソロヴェイの母に挨拶し、それからウラジーミル公の宮殿へ向かう。

その宮殿は婚礼の宴の真っ最中。四十一人の巡礼も別室で食事を振舞われたが、そこへ酒を運んだ者たちがソロヴェイに気づき、公の席へと連れて来た。ひとめ見てザバーヴァ姫はさけぶ。

「この人こそ私が指環を交わした相手、ソロヴェイ様よ。私、このテーブルを跳び越えて宴をめちゃくちゃにしますわ！」

人々は姫をなだめ、静かに席を立たせてソロヴェイのところへ導いた。そこで姫は真の花婿の手をとり、あらためて宴の主役の席につくと、嘘つきの伊達男にこんな言葉を投げつけたのだ。

「おあいにくさま、あなたは花嫁とは寝られませんわ！」
元気な姫の言葉にウラジーミル公はすっかり心楽しくなり、公妃もさらに陽気になって、婚礼の宴はますます盛り上がったという。

異国の商人ソロヴェイがどこから来たのか、どの町で商売をしているのかはよく分からない。キエフは水路で北に行けばノヴゴロドを経てバルト海へ、南へ行けば黒海を経てビザンツ帝国へつながっている。ソロヴェイの装いや船の装飾にはシベリア産の毛皮もビザンツの織物も使われ、白装束の巡礼姿からすると聖地エルサレムへ行ってきたようだ。つまり彼は、「ヴァリャギからグレキへの道」と呼ばれたスカンジナヴィア半島とギリシャをつなぐ水系を行き来する、自由な商人なのである。
この物語を語った十八世紀の語り手キルシャ・ダニーロフは、有名な冒頭部分をもじった滑稽な歌「アガフォーヌシカ」も残している。言葉遊びの連続から成るこの歌は、ドン川をのぞむ一軒の粗末な家の描写から始まる。

高きかな、天井は
深きかな、床下は
広きかな、かまどの張り出し

広き野は、長いすの下の床
碧き海は、たらいの中の水……

「豪商ソロヴェイ」の格調高い語り出しと比べてみれば、これがパロディであることが分かる。ソロヴェイの物語を知っている聞き手たちは、雄大な自然とこの粗末な小屋のギャップを思い浮かべて思わず笑ってしまったに違いない。

この「アガフォーヌシカ」は架空の町で起きたおかしな闘いのドタバタである。人々は銃のかわりに紡錘を持ち、大砲代わりに壺を置き、旗を振らずにほうきを振る。女たちはピロシキやパンで殴り合い、主人公アガフォーヌシカが着て来たのは豚の尾っぽでできた毛皮外套。目の無い人が見守る中、手の無い人がスリをはたらき、死人が起きて逃げていく。一人の勇士はブリヌィで殴られ穴だらけ、二人目は藁で打たれて足が折れ、三人目は胴体が裂けて腸が出た。と見れば海が火事、あとは気ままな嘘っぱち。

青い海のまんなかに
にょきにょき伸びた、かしわの木
その木のこずえに白毛の豚が
じぶんの巣をこしらえて
その巣で子豚を産んだとさ
しろくろ子豚にしましま子豚

子豚たちは木から逃げたとさ
お水にもぐってみたいから
野原を走ってみたいから
お空を飛んでみたいから
（中略）
空の高みを飛んでいるのは
外套着こんだめす馬と
なんとびっくり、熊さんが
茶色の牝牛をワシづかみ！
かまど下では牝牛が卵を温め
牧場じゃ牝羊が仔牛を産んだ
これは昔にあったこと、みな本当にあったこと！

ロシアの歌物語には、英雄叙事詩や悲劇的な恋の話ばかりでなく、こんなお笑いの語りもあった。陽気な旅芸人たちが歌ったこうした歌は「道化歌（スコモローシナ）」と呼ばれて後世に伝えられたのである。(7)

(注)

(1)『ロシア・フォークロア叢書三　ブィリーナ』第四九番「デューク・ステパーノヴィチとチュリーラ・プリョーンコヴィチ」に基づく。

(2)現在のウクライナ西部の町ハールィチ。

(3)『キルシャ・ダニーロフの蒐集せるロシア古詩集』第一番「ソロヴェイ・ブジミーロヴィチ」に基づく。

(4)バルト海沿岸の町という説もあるが不明。

(5)イリヤーに捕らえられた怪盗ソロヴェイとは無関係。

(6)現在のロシア連邦サハ共和国。

(7)スコロモーシナについては第六章「チェレンチイ旦那と芸人たち」を参照。

5　愛と死をめぐる歌物語

ドゥナイとナスターシヤ(1)の悲劇

大公の宴はいつものように昼間から賑わっていた。酒を酌み交わし歓談に興じる諸公に貴族、勇士、巡礼や富める農民たち。やがて陽が西に傾くころには、酔客はおのおの自慢話に花を咲かせる。

ある者は金銀財宝を自慢し
乗馬のうまい者は馬自慢
腕っぷしの強い者は力自慢
若い妻を自慢するのは愚か者
実の姉を自慢するのは浅はか者
老いた母を自慢するのが賢き者

だが一人ウラジーミル公は、広間をうろうろと歩き回っている。黒テンの毛皮をひるがえし、豊かな巻き毛をなびかせつつ、陽気な宴にも心晴れぬ様子。

「町中の人は、貴族も農夫もみな妻を持ち、美しい娘は嫁に行くというのに、このウラジーミルは未だ独り身。誰か私にふさわしい妻を知らないか。体つきはすらりとして知恵に優れた大人の女。肌は雪のように白く、瞳は鷹のように輝く。眉は二匹の黒テンを思わせ、睫毛は灰青色のラッコにも似て、歩きぶりはつつましく、口を開けば白鳥のよう。公妃様と呼ばれ、かしずかれ膝まずかれるにふさわしいそんな女を、誰か知る者はないか？」

客人たちはしんとなり、こそこそ互いの背に隠れ合う。気まずい沈黙を破ったのはドブルィニャだ。

「広野のはるか西に、罪人として幽閉されている勇士ドゥナイならば、あるいはそのような女を知っているかもしれません。何しろ多くの町を巡り歩き、多くの異国の王のもとで暮らしてきた男ですから。」

このドゥナイという人物、キエフに来る前は西のリャフ人[2]の王に仕えていた。キエフに来てからもこの王にいかに可愛がられたか得々と自慢したものだから、ついに大公の怒りを買って僻地の地下牢へ閉じ込められてしまった。だがドゥナイは世間が広い。大公も怒りをおさめ、異国から素晴しい花嫁を連れてきてもらうべくドブルィニャと共に送り出した。

二人が向かうのはドゥナイの古巣、リャフ人の国。国王の長女ナスターシヤは女勇士だが、妹アプラクシアは宮殿の奥にこもる控えめな美女。ウラジーミルにふさわしいのは、むろん妹の方だ。だがリャフの王は許さない。上の娘をさしおいて下の娘を嫁に出せようか?

さらば力づくでいただくまで、とドブルィニャは一暴れ、ドゥナイはその隙にアプラクシアをまんまと連れ出した。一行は意気揚々とキエフへ引揚げるが、見れば途中の広野に馬のひずめの跡。どうやら乗り手はかなりの剛の者だ。アプラクシアを送るのはドブルィニャが引き受け、ドゥナイは馬首を返してひずめの跡を辿った。

果たしてそれは立派な勇士であった。勇士とドゥナイが駆け寄れば、二陣の風か、二片の雨雲か。闘いに闘えど互いに傷一つつけられぬ。馬は疲れて膝を折り、勇士達は馬を降りてなお互角の死闘。やっとのことでドゥナイが相手を押さえつけ、とどめを刺さんと敵の胸元を開けば、なんとそこに表れたのは女の乳房。驚くドゥナイが思わず名を問えば、

「ドゥナイよ、本当に私が分からぬか
お前は我が父に三年も仕えたではないか
最初の年は掃除番として仕え
次の年は馬屋番として仕え
三年目には御膳係として仕えたではないか
私は王女ナスターシヤ」

ドゥナイはナスターシヤをキエフへ連れ帰った。そしてウラジーミルはアプラクシアと、ドゥナイ

はナスターシヤと華燭の典をあげたのだった。
だがある時、宴の席でのお決まりの自慢話から悲劇は始まった。ドゥナイが言ったのだ。
「私こそは勇者中の勇者
大公に王女を娶らせ
姉の王女は自らが娶った。
それもわが勇気と才覚のなせるわざ」
すると口を開いたのは新妻たる王女ナスターシヤ。
「ドゥナイよ、自慢はおよしなさい
力ではイリヤー・ムーロメツの方が上
勇気ではアリョーシャ・ポポーヴィチの方が上
礼儀ではドブルィニャ・ニキーチチの方が上
これから私と広野へ行って
弓の試合をしようじゃないの。」
ドゥナイは怒りに震えた。夫婦は弓矢を手に広野へ乗り出す。標的は互いの頭の上に置いた小さな金の指輪だ。
　ナスターシヤ王女が矢を射れば

矢はひょうと飛び、金の指輪を真っ二つ。
次はナスターシヤが自分の頭に指環を置く。
ドゥナイ・イワーノヴィチが矢を射れば
一本目は的を飛び越し
二本目は的に届かぬ
三本目は、白い胸に狙い定めた。
ナスターシヤは懇願する。
「ああ、ドゥナイ・イワーノヴィチ
この愚かな女を赦してください
女は髪は長いが知恵は浅いもの
私のお腹には赤ん坊がいます
あなたから授かった赤ん坊が！」

王女の言葉をドゥナイは信じない。三本目の矢は狙いをあやまたずナスターシヤの白い胸に突き刺さり、王女は潤える大地にどうと倒れる。妻の腹を割けば、そこには生まれ出ずして死んだ我が

図 13　A・リャーブシキン≪馬上の女勇士≫国立ニージニー・ノヴゴロド美術館蔵

子。その額に刻まれた文字は
「いと強き勇者であった」
ドゥナイの後悔は行き場を失う。そして彼は槍を逆に持ち、その鋭き切っ先で自らの心臓を貫いたのであった。
「私は静かなるドゥナイ川となろう
妻はその切り立つ崖となろう」

ドゥナイ、それは古いロシア語で「川」そのものを指すと同時に、ドナウ川のことでもある。ヴァリアントによっては妻ナスターシヤの遺体からはドニエプル川が流れだした、と語られることもあるが、ドゥナイとちがってこちらは一定していない。ドナウ川は、今のロシアの版図から考えるとずいぶん西方にあるように感じられるが、その流域をよく見れば西スラヴ人や南スラヴ人の居住域を貫き、その名が川そのものを指すことからも分るように、かつてはスラヴ人にとって中心的な存在の川だった。ドゥナイが以前仕えていた王と姫たちもリャフ人、西スラヴ人の種族である。

この歌物語は非常に人気があるが、その理由の一つはナスターシヤのキャラクターの複雑さだろう。歌物語では、異民族の女というのはすさまじい悪女か（「ミハイロ・ポティクと白鳥マリヤ」「イリヤーの最後の旅」)、おとなしく征服されてそれ以上出てこないか(「変身する勇士ヴォルフ」「イワン雷帝のカザン占領」)であることが多いが、ナスターシャは西の国の姫君であり、女勇士であり、おとなしく結婚してルーシへ来たかと思えば人前で夫を馬鹿にするような口をきき、そして実際夫よりも腕が立つ。おまけに母として子供の助命を懇願しながら夫に殺される。一方、妹のアプラクシアはウラジーミルの良妻となるが、この歌物語以外で異国の出身であることがわざわざ語られることはない。このことは、前半のウラジーミルの嫁探しの話と、後半のドゥナイの悲劇とがもともと別の話であったことを示唆しているのかもしれない。

ミハイロ・ポティクと白鳥マリヤ(3)

大公ウラジーミルの宮殿では、年長の勇士イリヤー・ムーロメツが仲間を諸国へ送り出している。

「わが義兄弟ドブルィニャよ、そなたは青き海を行け。義兄弟ミハイロよ、そなたは暗い森を行け。年かさのわしは広野を行こう。」

こうしてミハイロ・ポティクは大公の使者となった。鬱蒼たる森を行くこと数か月、異教徒の王ヴァフラメイの国が見えてきた。乗り込んでキエフへの貢税を要求する前に、ミハイロは白い天幕を張り、腹ごしらえして休息をとる。
　その様子を王国の高楼から見ていたのが、ヴァフラメイ王の娘マリヤだ。白鳥と呼ばれる美しい王女は、遠眼鏡を取り出し父王のもとへ駆けつけた。
「お父様！　私はこの三年、お父様のお許しで入り江や沼地を飛びまわってきましたが、どうかもうあと三年だけ自由に広野を飛ばせてくださいな」
　王女は城を飛び出した。女中も乳母も追いつけぬ。白鳥マリヤが広野を飛び天幕にせまると、勇士の馬は激しく脚を踏み鳴らし、母なる大地が震えるほど。何事かとミハイロが帯も締めずに天幕を飛び出すと、広野にはなんの変わりもなく、そこには楚々たる白鳥マリヤが立っている。勇士は引き寄せられるように女に近づき、思わず唇を寄せるが、女は言う。
　「私の唇に触れてはなりません
　私の胸には邪教の教え
　あなたの胸には正教の教え
　それより私をお連れになって
　あなたの駿馬に私を乗せて
　キエフの町へお連れくだされば
　そこで私は洗礼を受け

あなたの妻になりましょう」

ミハイロは、マリヤを自分の馬に乗せるとヴァフラメイ王の国に入らずに引き返した。二人はキエフの教会で結婚式をあげ、たがいに堅い誓いを立てる。どちらが先に死んだとしても、遺されたほうは伴侶と一緒に地下へくだり、三年の間むくろと共に過ごす、というのである。

ミハイロの幸せは、ある日、大公ウラジーミルの宴で終わりを告げた。

遠征から戻ったイリヤーが「わしは広野の向こうの異教徒をこらしめ、聖なるルーシの地を拡げた」と自慢話、ドブルィニャもそれに続く。ではミハイロは？　異国を目前に使命を忘れ、かわりに美しい妻を連れてきましたと言えようか。作り話が口をついて出る。

「わしが行ったのは暗き深き森の奥、ヴァフラ

図 14　I・ビリービン《ミハイロ・ポティク》1902 年の絵葉書（この絵のヴァリアントでは、ミハイロが狩りで射ようとした白鳥が美女に変じて妻になる）

メイ王の国。異教の輩をこらしめて聖なるルーシの地を拡げ、王をチェスでも負かして荷車四十台分の黄金を勝ち取った。が、あまりの重さに荷車が壊れ、わしは深い穴を掘って金をのこらず埋めてきた。」

一同が感心していた折も折、そのヴァフラメイ王から使者が来た。あろうことか、滞納している十二年分の税を納めろと。ウラジーミル公は言う。

「ミハイロよ、そなた黄金を埋めたと申したな。その金を掘り出して、ヴァフラメイ王に十二年分の税として納めてくるがいい」

かくしてミハイロは再び暗い森を行き、ヴァフラメイ王のもとへ参じて、今度は本当にチェスの試合を申し出た。ミハイロが勝てば王は荷車四十台分の黄金を支払う。ミハイロが負ければ向こう四十年王の下僕としてただ働き。勝負運はミハイロにあったが、ヴァフラメイは「もう一番」と引きのばし、一向に負けを認めない。苛立つミハイロに、窓辺の鳩がささやく。

「若きミハイロ・ポティクよ
お前はチェスに夢中になって
その身に降りかかった不幸を知るまい
お前の若き妻
白鳥マリヤは亡くなった」

ミハイロは席を蹴り、チェス盤を床に叩きつけた。宮殿は揺れ、ガラスは砕け散る。貴族や公は卒倒し、王は必死に命乞い。ミハイロは「黄金はキエフの町まで運んで来い！」と言い捨てて駿馬にまたがり、三か月の道のりを三時間で駆け戻った。

白鳥マリヤはみまかった。ミハイロは誓い通り、義兄弟のイリヤーとドブルィニャが作った大きな白木の棺に三年分の水とパンと塩、鍛冶屋で作らせた鉄のやっとこ三本と鉄の鞭、錫の鞭、鋼の鞭を入れ、自分は妻の亡骸の隣に横たわり、義兄弟の手で生きながら地中深くに埋められたのだった。

しばらく経つと、白木の棺に忍び寄るものがある。死人を食らう地底の蛇だ。蛇の一突きで棺の鉄のたがははじけ飛び、次の一突きで板がはがれ、次の一突きで中の二人があらわになった。蛇は「生きた人間を食えるとは！」と喜ぶが、ミハイロはそれをすばやく鉄のやっとこで挟み、鞭をふるって打ちに打つ。

「やめてくれ、助けてくれ。三年後に甦りの水を持ってきてやるから」

懇願する蛇にミハイロはさらに鞭をふるう。ついに蛇は三時間で「水」を取ってくると約束した。勇士は蛇を放すと同時に子蛇を虜にする。蛇が約束どおり三時間後に戻ると、勇士はものも言わずに子蛇を叩き斬った。そして親蛇のもたらした「水」を子蛇の屍骸に塗れば、斬られた体がくっつき、うごめき……ついに子蛇は生き返って逃げ出した。

ミハイロはすぐに

命の水を口にふくみ
白鳥マリヤに吹きかけた
すると彼女は身震いし
二吹きめでマリヤは身を起こし
三吹きめで立ち上がった
水を一口ふくませると、女は喋りだす
「ああ、ミハイロ、
わたし長いこと眠っていたようね」
「もしもわしがいなければ、マリヤよ
永遠に眠っていたところだ」
かくして白鳥マリヤと勇士ミハイロはよみがえった。そしてこの噂は瞬く間に国じゅうにひろまったのである。

白鳥マリヤという女がいるそうな
白鳥のような王女だそうな
それは賢い王女だそうな
賢いうえに不死身だそうな

この噂を聞きつけて、大軍を率いてキエフへやって来たのが、見目麗しいイワン・オクーリエフ王である。折あしくキエフの勇士のほとんどは遠征中、迎え撃つのはミハイロ・ポティクただ一人だったが、ミハイロは直ちに駿馬にまたがり、獅子奮迅の働きで、三時間後にはみごと敵を広野のかなたへ退散させた。が、これは実は敵の謀略。退いたと見えたオクーリエフ王は、闘い疲れたミハイロが眠っている隙にキエフの町へ入りこみ、白鳥マリヤを篭絡する。

「白鳥マリヤよ、我が妻となれ、
イワン・オクーリエフ王の妻となれ
わが妻となれば、王妃様と呼ばれよう
ミハイロの妻では、王妃様とは呼ばれまい
いずれ大公ウラジーミルの
洗濯女と呼ばれるであろうよ」

洗濯女か王妃様か。白鳥マリヤは眠る夫を尻目に、異国の王についてキエフを抜け出した。やがて目覚めたミハイロが駿馬を飛ばして追って来た。マリヤは杯に酒をそそぎ、涙ながらに夫に差し出した。

「あの王が、私を無理やり連れ出したのです。お怒りでしょうが、これを飲んで、まずは落ち着いて」

ミハイロは妻の手の杯をたて続けにあおる。が、酒の中には眠り薬。三杯目を飲み干すや、勇士の体はどうと大地に倒れた。

「麗しきオクーリエフ王、ミハイロの首を斬るなら今ですわ！」

眠る人を斬るは恥、と言って剣を取らない王をマリヤは待てぬ。こっそり従者に深い穴を掘らせると、ミハイロを投げこみ、砂を厚くかぶせて、何食わぬ顔で新しい夫と出発した。

生き埋めのミハイロを救わんと、愛馬がキエフへ駆け戻る。都にいたイリヤーとドブルィニャは、飛んで来て義兄弟を掘り出した。

「いいかミハイロ、俺たちはお前の妻を追っかけるわけにいかないが、この次は問答無用でオクーリエフ王をぶった斬れ」

よし、とミハイロは再び馬を走らせる。が、またもマリヤの甘い言葉と美酒の罠にはまる。白鳥マリヤは眠った彼をむんずと摑み、肩越しに放り投げて呪いをかけた。

「強き勇士よ、熱もつ白き岩となれ、岩となって三年後には地中へ沈め！」

あわれミハイロは今や路傍の岩。一方の白鳥マリヤはサラセンの地へ至り、オクーリエフ王の妃となったのである。

どれほどの時が過ぎたのか、オクーリエフの王国へ、旅の巡礼に変装したイリヤーとドブルィニャがやって来た。傍らにはもう一人、巡礼姿の老人がいる。これは勇士たちが途中で道連れとなった不思議な爺さま、その足の速さたるや、イリヤーたちでも追いつけず、その声のすさまじさたるや、今も「王様、王妃様、巡礼にご喜捨を賜らん！」と叫ぶ声に、館がガタつき窓のガラスが砕け散るほど。聞きつけて宮殿の窓辺に現れたのは、他ならぬ白鳥マリヤだ。彼女は勇士たちの変装を見破って冷笑する。

「あんたたちの弟分は、十字架のある四つ辻で岩になっているわよ！」

勇士たちが駆け戻れば、果たして辻には熱もつ白き岩。だが、ドブルィニャがその岩を抱き上げようとしても膝までしか上がらない。イリヤーが試みてもやっと腰まで。

そこで老人が歩み寄り
岩を軽く転がして
岩に向かって呼びかけた。
「熱もつ白き岩よ
強き勇士になれ
若きミハイロ・ポティクになれ
ミハイロよ、もとの軽き体に戻れ！」
老人は岩を持ち上げ肩越しに投げた
すると背後にあの強き勇士

若きミハイロ・ポティクが現れた

この老人は、実は聖者ニコラ。巡礼の姿で地上に現れ、勇士にかけられた妖女の呪いを解いてやったのである。が、気が付けばもう老人の姿はどこにもない。

ミハイロは、三たび白鳥マリヤのもとへ走った。だが駆けつけてみれば白鳥マリヤ、いとも悲しげに愛しげに、ミハイロの前にひざまずくではないか。

「太陽のない夏がないように、あなたなしでは私も生きられません。食べ物も飲み物も、何も喉を通りませんでしたわ。あなたも辛酸をなめられたはず、どうぞ憂さばらしにこの杯を」

なんとミハイロは、三たび罠にはまって眠り込む。マリヤは急ぎ鍛冶屋へ走り、鉄釘五本を作らせた。片手に重い槌、片手に勇士の体を引きずって町の城壁へやって来ると、ミハイロの四肢を伸ばして壁に張り付け、右脚に釘を打ち、左脚に釘を打つ。右手も左手も釘打ちにして、しまいに頭に釘を打ち込めば、勇士の白い額から熱い血が流れ出す。

瀕死のミハイロを見つけたのは、オクーリエフ王の妹、ナスターシヤ姫である。

「あなたはミハイロ・ポティク様。もし私を妻にするなら、こんなつまらない死に方はさせませんわ」

ミハイロがナスターシヤ姫に結婚を誓うと、姫はやっとこを使って手早く釘を抜き、ミハイロを降ろす。壁にはかわりに死刑囚を張り付け、勇士を秘密の隠れ家へ連れて行くと、ひそかに治療をほどこした。そして自分は兄オクーリエフ王のもとへ。

「お兄様、私、具合が悪いんですの。夢見では、お兄様が私のお願いを聞いて下されば治るそうですわ。私に良い馬を一頭と、甲冑と鎖かたびら、あとは勇士の使う棍棒と、よく研いだ長剣を下さらないかしら？」

兄は妹の欲しがるものをすべて与え、ナスターシヤはそれをそっくりミハイロに渡した。ミハイロは甲冑を身につけ武具を取り、駿馬にまたがると、いざ、オクーリエフ王と白鳥マリヤの宮殿へ。

今度ばかりはマリヤも驚いた。

「王よ！　あなたの妹にしてやられたわ！」

言いながら、また酒に薬をたらす白鳥マリヤ。宮殿に押し入ってきたミハイロに向かってマリヤは泣き崩れる。

泣きながら、女はかきくどく
涙、涙にくれながら
そこで思わず、ミハイロ・ポティク
右手を杯に差しのべた
だがその時、ナスターシヤ姫が
ミハイロの腕を突きのけた

杯は遠くへすっ飛んだ
そこで若きミハイロ・ポティクは
白鳥マリヤの首を斬り
オクーリエフ王の首を斬り
二人はこれにて一巻の終わり

ミハイロは約束どおりナスターシヤ姫を妻に迎え、この国の新しい王となった。それからの暮らしは、ミハイロにとっても、そしてこの国にとっても、以前より良くなったということだ。

ロシア歌物語中最大の悪女、白鳥マリヤ。美しさと邪悪さで群を抜くこの女性はいったい何者なのだろう。異教徒の王ヴァフメライイの娘でありながら自ら王宮を出てルーシの勇士を誘惑し、その妻となってキエフに暮らし、その死によって生ける勇士を墓場へ引き入れる女。ロシア科学アカデミー編纂『ロシア・フォークロア大全　ブィリーナ全二十五巻』中の解説「ロシア叙事詩ブィリーナ」は、このモチーフをヘロドトスの伝えるスキタイ民族の神話と重ね合わせている。スキタイ民族の始祖タルギタオス（ギリシャの伝説ではヘロドトス）と蛇女神とが結婚し、洞窟で暮らすうちに三人の子ができるというくだりだ。すなわち白鳥マリヤは蛇女神であり、勇士を自分の領域である地底へひきずりこんだわけである。

マリヤが蛇女神であるかどうかはおいても、棺を襲ってくる蛇は「ドブルィニャと大蛇」同様ここでも地底、洞窟、死に通じるイメージである。勇士ポティクはこれを鞭で打ち（これも大蛇退治と同じ武器だ）、昔話にもよく出て来る「甦りの水」を取って来させてマリヤを生き返らせた。もっともマリヤが蛇女神なのだとしたらこの蘇生はよけいなお世話で、その後彼女がオクーリエフ王にさっさとついて行ってしまったのも、ポティクを再三殺そうとするのも納得がいく。

この物語の魅力の一つは、白鳥マリヤのバラエティに富んだ悪業と、だまされ続けるポティクの素直さと盲目さである。マリヤは自分を追ってきたポティクに媚びを売り、眠り薬を盛り、穴に放り込んで生き埋めにし、呪いをかけて白い岩に変え、しまいには手足と頭に釘を打ち込む。それでも四度目にまた眠り薬入りの酒に手を伸ばすポティクを救ったのは敵王の妹ナスターシヤ。これまた異民族の娘である。果たしてポティクは歌物語的な不幸な結婚のループから逃れることができたのだろうか。

（注）

（1）『ロシア・フォークロア大全　ブィリーナ全二十五巻』第四巻、第一一四番、『ロシア・フォークロア叢書』第十二番、『プドガ地方のブィリーナ』第七番、四四番の、ドゥナイに関するブィリーナに基づく。

（2）リャフ人は今のポーランド辺りにいた西スラヴ人の種族。

（3）『ロシア・フォークロア叢書三　ブィリーナ』第四六番に基づく。

6　サトコーとノヴゴロドの歌物語

サトコーの二度の賭け(1)

その名も高きノヴゴロドの町に
サトコーなるグースリ弾きが一人
うなるほどの財があるわけもなく
あちらの宴こちらの宴とわたり歩いては
商人やら貴族やらを楽しませ
華やかな宴をにぎわせておった

ところがサトコーは、ある時三日続けて宴の仕事にあぶれてしまった。いたしかたなく町から近いイリメニ湖で一日中グースリを鳴らしていると、夕闇せまる頃、湖面がざあっと波立ち、水は砂を混じえて濁りはじめた。薄気味わるくなったサトコーはさっさと町へ帰って来た。

ところが、次の三日も、またその次の三日もサトコーは宴に呼ばれない。グースリの響きは空しくイリメニ湖の水面を揺らすばかり。そしてある日暮れ時、湖が激しく沸きかえったかと思うと、中から現れたのは水の王。

「ノヴゴロドのサトコーよ、礼を言おう
おぬしは湖の中の我らを慰めた
湖底のわが館では
華やかなる宴が開かれていた
宴に連なるは大切な客人たち
おぬしのお陰で客人たちも楽しんだ
サトコーよ、褒美に何をとらそうか」

驚くサトコーに水の王は約束した。

「明日、おぬしが宴に呼ばれたら、大商人たちに自慢せよ。イリメニ湖には金色のひれの魚がいる、と言うのじゃ。商人たちは信じまい。そこで

図 15　I・ビリービン《サトコー》1903 年の絵葉書

大きな賭けに出よ。おぬしは自分の首を賭け、相手には自分の店を商品ごと賭けさせるのじゃ。それから絹の網をこしらえ、ここへ来て三度網を打て。一網打つたびに一匹ずつ、金のひれの魚をやろう」

さて翌日、サトコーは言われたとおり、金のひれの魚の話をした。「そんな魚がいるものか」と賭けに乗ったのは六人の大商人。金持ちはその身代を、貧乏な芸人は首をかけて、いざイリメニ湖へとやって来る。

イリメニ湖に網を打てば
かかった魚には金のひれ
もういちどイリメニ湖に網を打てば
次の魚にも金のひれ
さらにイリメニ湖に網を打てば
三匹目の魚にも金のひれ
これにはノヴゴロドの大商人も
ぐうの音も出ないというもの
サトコーの言ったことはみな真実
商人たちは、町の市場に立ち並ぶ

諸国物産の積まれた店を
サトコーに明け渡した

こうしてグースリ弾きサトコーは、ノヴゴロドの商人組合にも登録される大商人となった。町で商売をし、遠方の諸都市と交易して莫大な利益をあげ、結婚して「館の中にも太陽や月や星の輝くがごとき」豪邸を建てた。宴を開けば大貴族や商人、役人、聖職者などの名士たち、そして庶民も集まって来る。

そんなある宴席でのこと。客たちはいつものように自慢話をしていたが、ひとりサトコーは黙っている。どうしたのかと尋ねられてサトコーは重い口を開く。

わたし、ノヴゴロドのサトコーが
たくわえた財宝は運びきれぬほど
美しい服は抱えきれぬほど
勇敢な腹心たちは裏切りを知らぬ
わたしが自慢できるものと言ったら
このありあまる富ぐらいのものか
ではわたしはこのありあまる財を投じて
ノヴゴロドじゅうの商品を買い占めよう

　　質の良いと悪いとを問わず
　　町から商品という商品がなくなるまで

この自慢は、あっという間に正式の賭けとなった。失敗すればサトコーは、銀貨三万枚を町の名士達に支払わねばならない。

　翌朝、サトコーの部下たちは早朝から町中に散り、サトコー自身は市場へ出かけて、毛皮や琥珀から食器、魚にいたるまで、ノヴゴロド中の商品を買いあさった。

　ところが翌日、ノヴゴロドの町には前日よりも多くの品物が並んでいる。それをサトコーと部下がまた一日がかりで買い占めて、翌三日目に見てみれば、なんと市にはモスクワから運ばれて来た新たな商品がうずたかく積まれているではないか。サトコーはため息をついた。「このモスクワの品物を買い占めたところで、次には外国から商品が

図 16　A・ヴァスネツォフ《ノヴゴロドの市》1909 年、A・M・ヴァスネツォフの家美術館蔵

来る。いったい世界中から届く品物を買い占められようか……
ならばこのわたし
ノヴゴロド商人サトコーよりも
栄えあるノヴゴロドがより豊かだと認めよう
ノヴゴロド中から売り物が
なくなるまで買いつくす
それはわたしには出来ぬ相談
それより三万枚の銀貨で
自分の負けを認めよう」
こうしてサトコーはノヴゴロドの町に負けた。だが、賭けには負けても損にはしないところが大商人。サトコーはただちに三十隻の船団を仕立て、買った品物を積み込んだ。さっそく外国へ交易に行くのである。

青き海の底、グースリは響く②

さてその交易の帰りみち、異国の金品を満載したサトコーの船団は、順風満帆、青海原をすべっていた。ところが突然、船はぴたりと停まってしまう。凪ではない。暗礁にでも乗り上げたかと海底を探らせても、何もない。サトコーははたと思い当たった。

わが兄弟、わが友人たる乗組員たち、
深皿を一つ、銀貨で満たし
二つめの深皿は金貨で満たし
三つめの深皿は大粒の真珠で満たし
この宝をみな一枚の板にのせ
青海原へ投げ入れよ
わたしは十二年も海にありながら
海を統べる海皇《かいおう》に、税を払ったことがない
海皇はわたしに、税を納めさせたいのだろう!

さっそく金銀真珠をのせた板が下ろされるが、宝物はいつまでも水面をただよい、波にのまれる気配もない。船もびくとも動かない。

「どうやら海皇は金品をお望みではないな。望みは生きた人間か！　では松の木を切ってくじを作れ。それぞれ名を書いて青い海へ投げ入れろ。海皇のもとへ届くのは誰のくじか」

乗組員たちは主人の命令どおり、松の木切れに名を記して海へ投げ入れた。だが、それらはみなホオジロガモのごとくゆらゆらと水面に浮かぶ。石のように水中に没していったのはただ一つ、主人サトコーのくじだ。

「松の木というやつは、どうも公正でない。樅の木でやりなおそう」

主人に従って部下達は樅の木切れを投じるが、やはり沈むのはサトコーのくじ。さらにハンノキ、かしわ、糸杉と材を替えて何度ためしても、海皇はそのたびにサトコーのくじを引く。

「どうやら、避けられぬ不幸がこのサトコーの身にとりついたようだ」

サトコーは板を一枚用意させ、愛用のグースリを抱えてその上に座った。板が水面に下ろされるや船は飛ぶように走り出す。大海原にひとり取り残されたサトコーは、恐ろしさのあまりいつしか眠りこんでしまった。

どれほどの時がたったのか、サトコーが目を覚ますと、そこは青い海の底。水をとおして陽の輝きが見え、海底の少し先には白亜の宮殿がそびえる。サトコーはグースリを抱えなおして、宮殿へと入っていった。

玉座におわす海皇の巨きなこと、頭だけでも干し草の山ほどもある。

「おお、大商人サトコーよ、そなた長年海を行き来しながらこの海皇に税も払わず、ついに自分が貢物となって来たわけじゃ。聞けばグースリの名手だそうな。一つここで弾いてみよ」

サトコーが楓のグースリをかき鳴らせば
海皇は青き海の底で踊りだす
海皇は我を忘れて踊りに踊り
サトコーはまる一昼夜弾きとおす
次の日も、その次の日も弾きとおし
青き海の底、海皇が踊りに踊れば
青き海ははげしく波立ち
砂をまきあげて水はにごり
海をゆく大船小船は難破の憂き目
あまたの宝が海底に沈み
心正しき人々が青き海にのみこまれた……

荒れくるう波にもまれつつ船上の人々は祈る。われらが守護聖人なる聖ニコラ様、どうかこの海をお鎮めくだされ……。海底のサトコーはそうとは知らず、海皇の求めるまま無心にグースリを弾いていたが、ふとその右肩に誰かがふれた。

「ノヴゴロドのサトコーよ、グースリはもう沢山じゃ」

振り向けば白髪の老人。サトコーは弦をはじく指を休めもせずに答える。

「海の底ではわたしの思うままにはなりませぬ。すべては海皇の心ひとつ」

「ならばサトコーよ、弦をひきちぎってしまえ。駒を壊してしまえ。グースリがやめば海皇はお前を結婚させようとするじゃろう。好きな娘を選べと言われるが、最初の三百人は見送るがいい。次の三百人、その次の三百人も見送って、一番最後にやって来る下女《チェルナーヴァ》を選ぶのじゃ。ただし、初夜の臥所《ふしど》で花嫁を抱いてはならぬ。それではお前は永遠に海の底。だがもし花嫁のかたわらで眠れば、お前はノヴゴロドへ帰れよう。そのあかつきには私財を投じて、聖ニコラの聖堂を建てよ」

サトコーは悟った。この老人は船乗りの守護聖人、聖ニコラその人だ。そこで彼は惜しげもなく愛器を打ち壊し、老人の言ったとおり九百人の花嫁候補をみな断って、最後に残った下女と華燭の典をあげたのである。

婚礼の宴もすみ
初夜の床についても
青き海の底、サトコーは新妻を抱かぬ
サトコーが眠りから覚めると、そこはノヴゴロド
チェルナーヴァ《下女》川の高き岸の上

目をやれば、なんとヴォルホフ川を
わが華麗なる船団が上って来る
館に残したわが妻は、夫の一行を悼みなげき
「サトコーは青き海から戻らない！」
部下たちはといえば、主人ひとりを悼みなげき
「サトコーは青き海から戻らない！」
そこでサトコーはヴォルホフ川の高き岸に立ち
部下たちを出迎えた
部下たちの驚くまいことか
「青き海に残られたサトコーが
我らより先にノヴゴロドに戻り
ヴォルホフの岸に立っているとは！」
サトコーは部下を連れて館へ帰り、喜ぶ妻の手をとってキスを交わした。そして異国の珍しい品物をみな船から降ろすと、私財を投じて聖ニコラのために聖堂を建立したのだった。
それ以来サトコーは、みずから海へ出ることはなかったという話。

図17　I・レーピン《サトコー》1876年、国立ロシア美術館蔵

リムスキー＝コルサコフの華麗なオペラでも知られるこのサトコーの物語は、実はロシアの叙事詩で最も古い、と言われている。なぜだろうか。ノヴゴロドは確かに古い町だが、サトコーが活躍する闊達な商業都市の様子はその最盛期十四、十五世紀あたりであるように思われる。キエフ・ルーシの勇士が怪物や異民族と戦う物語の方がよほど古そうではないか。

ロシアのフォークロア学者Z・ヴラーソヴァの『スコモローヒとフォークロア』（ペテルブルグ、二〇〇一年）によれば、この物語の古さは、第一にイリメニ湖の水の王のくだりに見出される。イリメニ湖からヴォルホフ川一帯では古来水や魚の主への信仰が見られ、考古学資料によれば八〜九世紀にはその主が爬虫類の姿で造形されている。またサトコーが弾くグースリは古来神聖な楽器であり、サトコーは宴席にあぶれた一介の芸人ではなく、水の主に演奏を捧げる役目を担っていたのである。サトコーが海に降りていくモチーフはかつて航海に際して海に生贄を捧げた名残であり、海皇は海そのもの、海底は地底と同じく異界であり、花嫁候補の九百人は海皇の統べる河川の数に他ならない。サトコーはこうした世界から、聖ニコラ（つまりキリスト教）の力で生還したが、このモチーフは後から付け加えられたものである。……これがサトコー最古説の論拠の概要である。

ブィリーナは物語の主な舞台によって「キエフ歌圏」と「ノヴゴロド歌圏」に区分される。ここまで見て来た英雄叙事詩はサトコーの物語をのぞくとすべて「キエフ歌圏」に属する。ノヴゴロド歌圏の歌としては他に「ワシーリー・ブスラーエフ」という暴れ者に関する面白く謎の多い歌物語があるのだが、紙幅の都合上取り上げない。その代わり、ノヴゴロドの町を舞台とする陽気な物語を一つ紹介しよう。ブィリーナを語り伝えるのにも大きな役割を果たした旅芸人集団「スコモローヒ」の活躍する物語である。

チェレンチイ旦那と芸人たち(3)

舞台は中世のノヴゴロド。大商人チェレンチイは若い妻と広大な屋敷に暮らしている。贅沢な敷地を囲む鉄柵は真珠で飾られ、館の壁や天井にはラッコや黒テンの毛皮がところせましとかけてある。白いカーテンをたらした象牙の寝台に臥せっているのはチェレンチイの若い妻アヴドーチヤである。昨夜からの重病に夫は気をもんでいるが、実は彼女の病は「浮気症」、悪いところは臍より下で膝より上の脚の間。

「ねえあなた、大商人チェレンチイ！　私の黄金の鍵束で私の衣装箱を開け、一〇〇ルーブル持ってお医者を呼びに行ってちょうだい。」

人のいい夫は、妻に言われたとおり家を出た。しばらく行くと、向こうから陽気な旅芸人の一団がやって来るのに出会う。

　旅芸人たちは礼儀も正しく
口のききようも心得たもの
片手を下げて深々と、チェレンチイにお辞儀した
「これはこれは大商人
チェレンチイ殿、ご機嫌よう！
このところとんとお声も聞かず
お姿も見えぬと思ったら

今日はさて、チェレンチイ殿、
広野をうろうろしておられる
迷子の牝牛のようですな
飛びすぎカラスのようですな

「好きで遠出しているわけではないよ。実は私の妻はこれこれの病気、治してくれる医者を探さねばならん」

話を聞いて芸人たちは、互いに顔を見合わせた。笑いをこらえてチェレンチイに訊く。「もし奥方の病気をわしらが治したら、いくら下さるおつもりかな?」

きっかり一〇〇ルーブリ、との取り決めができて、芸人たちとチェレンチイは市場へ向かった。買い物は絹の大きな袋が一つ、皮を編んだ紐が一本、鉛の棍棒が一本。紐と棍棒をチェレンチイに持たせると、芸人たちは彼を袋におしこんだ。袋かつぎが袋を背負い、一行はチェレンチイの屋敷へとやって来る。

さて若妻は、用心しいしい窓の外を見ていたから、旅芸人たちにすぐ気づいた。

「陽気な芸人さんたち、なぜうちの庭を通る? 主人は留守なんだよ」

「これは若き奥方、アヴドーチヤ様。わしらはご主人を見たんでさ。十字架教会の辻近く、橋のたもとで、チェレンチイ殿は頭と胴体別々に横たわり、カラスにつつかれていましたぞ」

「陽気な芸人さんたち、中へお入り！　あの金持ち商人、ろくでなしじじいのチェレンチイのことを歌っておくれ。もうこの家であいつを見ないですむのねえ！」
芸人たちは袋をかついで居間へ通り、腰かけてグースリを弾き、歌い始めた。

「お聞きよ、絹の袋
袋かつぎの肩にある袋
お聞きよ、商人チェレンチイ
おまえさんを何て言ってるか
おまえさんの若き妻
アヴドーチヤ・イワーノヴナは
夫チェレンチイをじじい呼ばわり
ろくでなし呼ばわりした上に
もうこの家でお前を見ないですむ、とさ
袋かつぎの肩にある
絹の袋よ、動き出せ
チェレンチイよ、起き上がれ
若き妻を治すため！」

チェレンチイは袋から飛び出すと、革紐と棍棒で若妻に荒療治をくわえた。象牙の寝台の方を見れば、黒テンの毛皮の下で、何かもぞもぞ動いている。

チェレンチイは鉛の棍棒で
「病気」をそこから狩りだした
「病気」はあわてて出口ではなく
窓に向かって突進し
あやうく首を折るところ
四つんばいでやっとのことで
窓から外へと這い出した
「病気」が忘れて行ったのは
ダマスク織の上着が一枚
厚手の絹の胴着が一枚
それに大枚五〇〇ルーブリ！
そこでチェレンチイは芸人たちに

図 18　A・ヴァスネツォフ《スコモローヒ》1904 年、トレチャコフ美術館蔵

もう一〇〇ルーブリはずんだよ
偉大なる真実のお代にね。

この物語で活躍している芸人たちは「スコモローヒ」と呼ばれ、歌や踊り、熊の芸などを見せながらしばしば集団で旅をしていた。活気あるノヴゴロドの町はまさに稼ぎどころ。彼らは「賢い愚者」と呼ばれ、皮肉屋で風刺や笑いを好み、様々な歌物語を語り聞かせていた。今も滑稽な歌やブィリーナのパロディ、ナンセンスな語りなどが、彼らの名を取って「スコロモーシナ」と呼ばれる。このチェレンチイの物語もスコモローシナのひとつで、ブィリーナの格調高い表現を保ちながらいたって下世話な内容を歌う、そのギャップが笑いを生む。ノヴゴロドの描写の詳細さやスコモローヒの描かれ方の格好良さから、最盛期のノヴゴロドで芸人たち自身の間で生まれた話と考えられている話である。

スコモローヒはもともと教会には睨まれる存在だったが、一五五一年にイワン雷帝が出した法令集「ストグラフ」によってその芸能活動一切が禁じられ、一五七一年にはモスクワへ強制移住させられた。彼らはグースリを破壊され身柄を拘束されて次第にその数を減らしたが、その逃れた先には歌物語が伝えられた。それが、もともとノヴゴロド共和国の貴族が植民を進めていた北ロシアや、鉱山で財をなした富豪が芸人たちをかくまい養うウラル地方だったのである。これらの地域は十九世紀に叙事詩が多く採録された場所に一致しており、中世ロシアでノヴゴロドとスコモローヒが果たしていた文化的役割の大きさを実感させるのである。

（注）

（1）『オネガのブィリーナ』第七十番「サトコー」に基づく。

（2）『ノヴゴロドのブィリーナ』第二七番、三三番、三四番に基づく。

（3）『キルシャ・ダニーロフの蒐集せるロシア古詩集』第二番「商人チェレンチイ」に基づく。

7 歴史上の人物たちの歌物語

イワン雷帝のカザン占領(1)

ここはカザン・ハン国の首都、ヴォルガ川中流の町カザン。その宮殿である朝、妃がハンに語りかけた。

「王よ、起きてくださいな
妃は何やら深く眠れず
夢ばかり見ておりました
強きモスクワの王国で
青白きワシが羽ばたき
雷雲が沸き起こり
我が国へ飛び来る夢を」

モスクワからカザン・ハン国に飛び来るもの、それはイワンⅣ世（雷帝）率いるモスクワ軍であった。彼らは都から東に八〇〇キロ行軍し、今まさに、カザンの城壁を望む野までやって来ていたのだ。ところが今、彼らがしているのは土木作業。高台にあるカザン国のふもとに長い横穴を掘り、火薬の詰まった樽を転がし入れている。天幕のある野原で点火すれば、火は瞬く間に縄を伝わり、宮殿ごとカザンの町を中から爆破するだろう。

しかし……

待てど暮らせど爆発は起こらない。雷帝は不満だ。これは砲兵隊の裏切りに違いない、裏切り者は処刑すべし、とイワン雷帝が腰をあげると、一人の若い砲兵が進み出た。

「われらが君主、モスクワ大公様

砲兵隊を処刑してはなりませぬ

火は風に乗れば速くつたわりますが

地中ではずっとゆっくりなのです」

これを聞いてイワンは考えた。

まあ、処刑はすこし待つとしよう。

その時、爆音が轟きカザンは煙につつまれた。白亜の宮殿もたちまち瓦礫の山。観念した王妃は雷帝をパンと塩で恭しく出迎えたが、誇り高きハンは出て来ない。雷帝は、王妃には洗礼を受けさせて

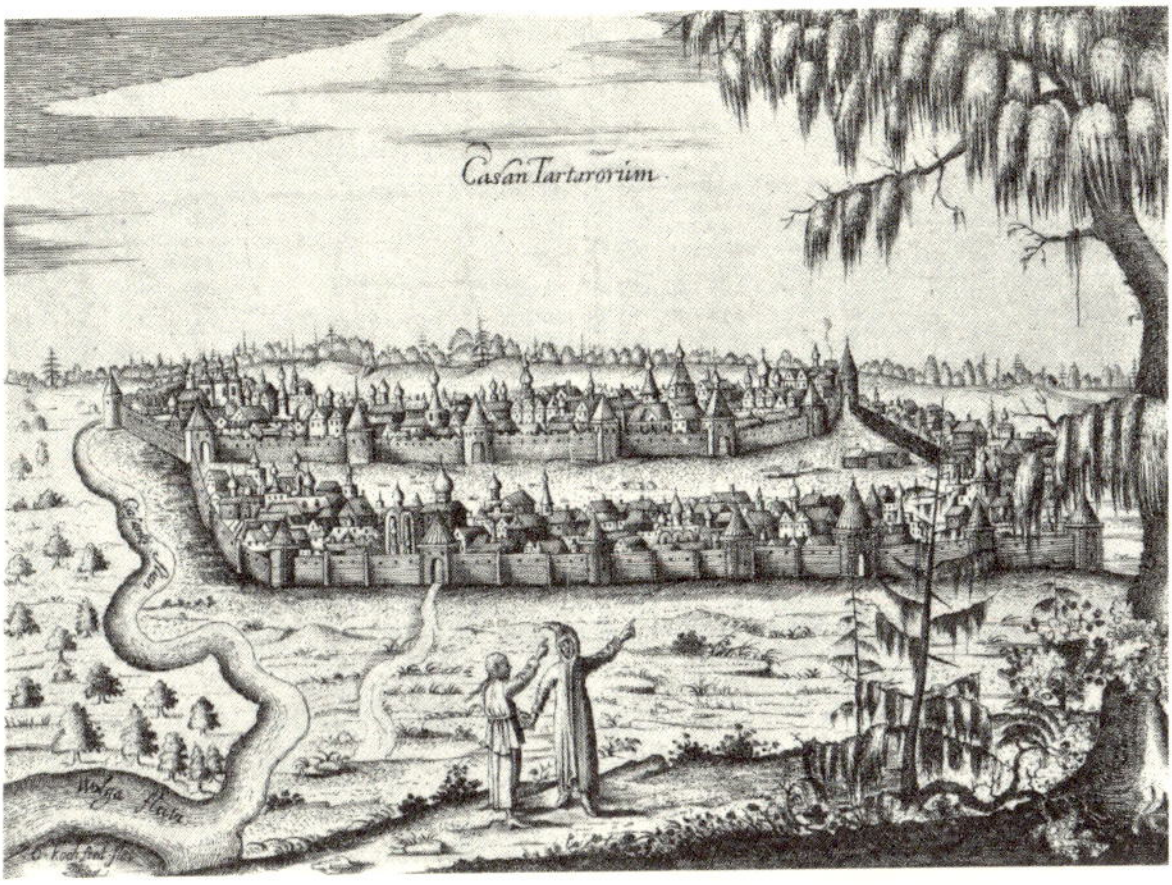

図19　A・オレアリウスの旅行記に描かれた17世紀初頭のカザン

修道院へ追いやり、強情なハンに対しては、情けは無用とばかりその両眼をえぐり出し、冠もマントも杖もはぎとって、玉座から追放したのだった。

イワン雷帝は、十六歳で「全ロシアの皇帝《ツァーリ》」となった。史上初めて、モスクワ大公ではなくロシア皇帝として戴冠した彼は、大貴族や教会を抑えつつ東の脅威であったタタールのハン国を攻撃、一五五二年にカザンの町を攻め落とした。このカザンを爆薬で攻め落とす話は、M・ムソルグスキーのオペラ「ボリス・ゴドゥノフ」の第二幕第二場で「昔カザンの町であったこと」としても歌われる、有名なエピソードである。この歌物語のハイライトは、苛立った雷帝が砲兵を処刑しようとしたその時、勇気ある砲兵が進み出て彼をさとすシーンだろう。

次の話はその数年後、やはり雷帝の猜疑心と怒りが悲劇を生む……か？　という物語である。

イワン雷帝と皇子[2]

昔むかしのいにしえの
すべてが始まりだったころ
国を統べたる皇帝は
雷の如く恐ろしきイワン・ワシーリエヴィチ
雷帝はカザン国を攻め落とし
シメオン王とエレーナ王妃
そろって虜にしたうえに
キエフから裏切者を一掃し
ノヴゴロドから裏切者を一掃し
リャザンを落とし、アストラハンを落とした。[3]

図 20　V・ヴァスネツォフ《イワン雷帝》1897 年、トレチャコフ美術館蔵

そして今、石造りの都モスクワで
　陽気な宴の真っ最中……
その時、思いもよらぬ声をあげたのは皇子フョードルである。
「皇帝は、お膝元のモスクワからは、裏切者を一掃なさらぬ！」
聞きとがめた雷帝は、裏切者とは誰のことかと皇子に詰め寄った。すると皇子は、
「その者たちは、ツァーリご自身がよくご存知
　三人の大貴族たち
　三人のゴドゥノフ一派の裏切者！
　あなたは奴らと飲み、同じ皿から食べ
　一つ杯を酌み交わしておられる！」
名指しされたボリス・ゴドゥノフは雷帝の寵臣。それを裏切者呼ばわりするこの言葉は、父の逆鱗に触れた。
　「モスクワに慈悲を知らぬ処刑人はおるか？
　皇子の白き両手を摑み
　王宮の外へ引っ立て
　モスクワ川への門をくぐり

母なるモスクワ川に浮かぶ
舟をつらねた橋を渡らせ、
忌まわしきかの沼へ
血のぬかるみへ
白木の断頭台へ連れて行け！」

さすがに皇子を手にかけようとする者はない。ただ一人進み出たのは、残忍無慈悲で聞こえるマリュータ・スクラートフ。[4] 彼は命令どおり皇子の手を摑むと、モスクワ川の向こうへ連れ去った。

その時、雷帝の義兄にして大貴族であるニキータ・ロマノヴィチは、領地ロマノフ村にいた。急を告げる早馬が彼のもとに着くや否や、彼は裸馬にまたがり、自分の馬丁も引っぱり上げてマリュータ一行を追った。帽子を振り回し、怒鳴りながら通行人をどけさせて、走りに走り、ついに「忌まわしき沼」の前で皇子とマリュータの一行に追いついた。ニキータは大声で呼びかける。

「処刑人マリュータ・スクラートフ！
お前がつかんでいるのはお前の食い物ではない、
それを食えば喉を詰まらせ、死ぬのはお前、
皇帝の身内をあの世へ送るでないぞ！」

振り向いたマリュータは老貴族に問うた。

「皇帝の命にそむけばこの首が飛ぶ。さらばこの剣と手を誰の血で汚せと仰せか？　何を持って皇帝の御前に出ろと？」

「処刑人マリュータよ、わしがかわいがっているこの馬丁を斬れ。この者の血で剣と手を汚し、この者の首を皇帝に見せよ」

あわれ、馬丁の首は飛び、その首は雷帝のもとへ運ばれた。

雷帝イワン・ワシーリエヴィチは
鋭き剣に目をやった
鋭き剣は血にまみれ
無慈悲な処刑人どもの手にあった
その手に首があるのを見るや
雷帝はその場に倒れこんだ
両脚はがっくりと折れ
皇帝の両眼は涙にくもり
三日というもの飲まず食わず

フョードル皇子（実はニキータの馬丁）の亡骸は、皇帝一族の墓所たるクレムリンのアルハンゲリスキー聖堂へ運ばれた。教会の鐘は鳴り続け、止むことを知らぬかのようだ。

一方、こちらはニキータの領地ロマノフ村。ラッパが響き太鼓が鳴り、命拾いしたフョードル皇子を囲んで賑やかな宴が繰り広げられている。その有様を皇帝に耳打ちしたのが、例のゴドゥノフ一派だ。ニキータは即刻雷帝に呼びつけられた。怒れる雷帝は鉄鉤のついた杖を振り上げるや、ニキータの右脚を床まで刺し貫く。

「釜茹でに、いや串刺しにしてくれようか！　それとも首をはねようか！　わしの苦しみをよそに一体何の祝いごと？」

ニキータはへりくだって答える。

「私どもが宴をもよおし、楽を奏しておりますのは、みな若き皇子フョードル・イワーノヴィチ様をおなぐさめするため！」

皆まで聞かずに雷帝は、ニキータの館へ向かう。貴族の館の祈祷所の、あまたの聖像画《イコン》が灯明に照らされるその下に、果たして若き皇子は生きていた。

　雷帝は皇子の白き手をとり
その甘き唇に口づけし
響きも高くこう言った
「老貴族ニキータ・ロマノヴィチ、
ほうびに何を与えよう？

図21　I・レーピン《イワン雷帝とその息子イワン　1581年11月16日》1885年、トレチャコフ美術館蔵

金と銀とで地下室を満たし
様々な酒で地下室を満たし
さらに特別の赦免状をつかわそう
教会から盗んだ者、人を殺した者、
生ける夫から妻を奪った者、
いずれも老ニキータの村にいる限り
その罪咎で突き出されることはない」

かくして、ニキータの所領ロマノフ村は新たに「プレオブラジェンスコエ《主の変容》村」と呼ばれ、皇帝じきじきの赦免状によって末永くその栄誉を誇ったのであった。

「イワン雷帝と皇子」と聞いて我々が連想するのは、雷帝が長男のイワン（当時二七歳）を自分の手で殴り殺したという逸話だろう。リューリク朝断絶につながるロシア史上の大事件だ。ところが、この歌物語で雷帝が殺しかけたのは弟のフョードル皇子であり、しかも彼は重臣ニキータ・ロマノヴィチの影の活躍で一命をとりとめている。ニキータ・ロマノヴィチ・ザハーリン（一五二〇？―一五八五？）は雷帝の最初の妻アナスタシアの兄で、フョードル皇子の後見役となった大貴族である。さらに彼は、のちにロマノフ朝の開祖となるミハイル・ロマノフの祖父でもあった。後代の語り手がこの人物を賢明で機敏なキャラクターとして描いている背景には、こうしたロシア史の知識があったに違いない。

一五八四年、イワン雷帝がこの世を去ると、このフョードルが玉座についた。だが国政の実権を握ったのは大貴族ボリス・ゴドゥノフで、彼はフョードルが四十歳で亡くなると自ら玉座に上る。このあたりから始まる世に言う「動乱時代」は、歌物語にふさわしい逸話の宝庫だ。夭折した皇子の名をかたる「偽ドミートリー」がポーランド軍を率いてクレムリンに入る、大貴族ワシーリー・シュイスキーがそれを引きずりおろして帝位につく、コサックや農民が蜂起する、ポーランドは混乱に乗じて最前とは別の「偽ドミートリーⅡ世」を送りこむ……。次の物語のミハイル・スコピーン＝シュイスキー（一五八六―一六一〇）はそんな動乱時代の英雄である。

ミハイル・スコピーン(5)

天地創造より八一二七年、(6) 強きモスクワ・ロシアの国は、東西南北みな異民族にふさがれていた。虎視眈々と都モスクワをねらう敵また敵。その包囲は厚く……

　歩いてはとても通られぬ
　馬に乗っても通られぬ
　鷹ならぬ身には飛べもせぬ
　強きモスクワ国の誰ひとり
　偉大なるロシア国の誰ひとり
　だがただひとり
　ミハイル・ワシーリエヴィチ・スコピーン公
　モスクワ国の統治者にして
　正教世界と聖なるロシアの
　守護者たるスコピーン公が

図22　A・ゼムツォフ《ヴォロティンスキー公の宴でのミハイル・スコピーン》週刊誌『ニーヴァ』（1869－1918）に掲載された挿絵

美しき鷹のごとく飛び立った
　白きハヤブサのごとく羽ばたいた

スコピーン公が向かったのは、北の町ノヴゴロド。到着するなり会議場へ入った彼は、革張りの椅子にかけ、金のインク壷を取り出した。白鳥の羽ペンをひたして真白き紙にさらさらと書き付けたものは、スウェーデンの王カルルス(7)への切なる手紙である。

「わが義兄とあおぐカルルス王へ。ロシアは四方を異民族に囲まれた。慈悲の心もって我らに加勢したまえ。引きかえにロシアの三つの町を献上せん。」

ただちに使者は北の隣国へ飛ぶ。領土を割譲してまでという懇願はカルルス王の胸を打ち、王は国内各地から兵を集めてロシアへ送り出した。実に四万の軍勢が、ノヴゴロドを通ってモスクワのスコピーン軍に合流したのである。連合軍はたちまち四方の異民族を打ち破り、モスクワの包囲を解いた。スコピーンの武勲は正教世界にあまねく知れわたり、のちの世に語り継がれることになったのである。

さて、それからしばらくのちのモスクワでのこと。

大貴族ヴォロティンスキー公の館では公子の洗礼を祝う宴が催されていた。赤ん坊の洗礼父は、祖国を救った英雄ミハイル・スコピーン。洗礼母は、雷帝の寵臣にして残忍な処刑人だったマリュータ・スクラートフの娘である。

陽気な宴の例にもれず、客たちはそれぞれに自慢話に花を咲かせた。強き者は力を、富める者は富を誇り、ほろ酔いのスコピーンも思わず饒舌になる。

「皆、他愛もない自慢をするものよ！　このスコピーンは、聖なるモスクワ・ロシアから敵を一掃したのだぞ。この栄誉は子々孫々語り伝えられよう！」

大貴族たちはこれに腹を立て
ただちに仕事にとりかかった
毒もつ薬草をひとつまみ
甘き蜜酒の杯に振り入れ
洗礼母の手に渡したのだ
マリュータ・スクラートフの娘たる
洗礼母は、それと知りながら
ミハイル・ワシーリエヴィチ・スコピーン公に
蜜酒の杯を差し出した

スコピーンは杯を取り、蜜酒を飲み干した。と、たちまち腹中に苦痛を感じる。いまや公は、杯に秘められた陰謀を悟った。

「きさま、マリュータ・スクラートフの娘、毒を盛ったな。丸太にひそむ蛇め、わしに咬みつきおった！　だが、きさまの命もないものと思え！」

それだけ言うとスコピーン公は、宴の席をはなれ駿馬にまたがった。母に最期の別れをせんがため。
出迎えた母は、不吉な予感の的中をさめざめと嘆いた。

「わたしの可愛い子
ミハイル・ワシーリエヴィチ・スコピーン公よ！
わたしはお前に言ったであろう
ヴォロティンスキー公の宴へ行ってはならぬと
なのにお前は聞かなかった！
お前の命を奪いしは
洗礼母なるあの女
マリュータ・スクラートフの娘！」

やがて夕闇迫るころ、スコピーン公はみまかった。
ミハイル・スコピーンの物語はこれでおわり。だが語り手は最後に、聴き手たちを、歌物語の世界から現実に引きもどすことを忘れなかった。

これは昔のこと、本当にあったこと
歌物語は青き海を静め
川の速き流れにのり海に至る

善き人々は静かに聞け
若き人々は語り伝えよ
われら陽気な芸人は
少し楽しむとしよう
人の輪にまじわり静かに座り
蜜酒と緑酒《ウォツカ》をいただこう
ビールをもらえれば敬意を表そう
偉い大貴族様に
優しきわがご主人様に！

ミハイル・スコピーンは、偽ドミートリーI世を倒して帝位についたワシーリー・シュイスキーの若い親族で、この物語にあるようにスウェーデンの援軍を取り付けてポーランド・リトアニア連合軍のモスクワ包囲を撃ち破ったが、その翌年、二十三歳だ

図 23　A・リャーブシキン《歌物語を歌う盲目のグースリ弾き》1887 年、トレチャコフ美術館蔵

った一六一〇年四月にモスクワで突然亡くなっており、暗殺の噂があるが詳細は不明らしい。ロシアでは非常に人気のある武将で歌物語も多数残されているが、興味深いことにそのテキストには、かなりの違いが見られる。S・アズベレフは『ブィリーナの歴史主義とフォークロアの特性』（モスクワ、一九八二年）で、全三十九篇を比較しているが、それによると、もっとも古いテキストはスコピーンの死のわずか九年後に採録された十九行しかないもので、これは死者を悼む泣き歌に似ているという。ところがその約百五十年後に書き留められた『キルシャ・ダニーロフの蒐集せるロシア古詩集』収録のテキストは、今見たように非常に詳しい。さらに、十九世紀の採録のうちの一部はブィリーナ化しており、スコピーンがキエフのウラジーミル公が催す宴に連なったうえ、マリュータの娘を我物にしたと自慢して彼女に毒殺されている。つまりここでは動乱時代の要素は一切失われ、物語の中心は、毒と知りながら杯を口にする主人公のヒロイズムになっているのである。

このことは何を示しているのだろう。ごく単純化して言うなら、スコピーンの謎の死の当初、人々はその死を悼む歌を歌っていたが、細かいエピソードが加わって歴史歌謡となり、さらに時間が経つにつれ固有名詞や具体的な事象が一般的な常套句に置き換わってブィリーナ化した、という過程が推測される。歌物語が口から口へ伝えられるうちにどう変化していったのか、スコピーンのテキストはその一端を垣間見せてくれるのである。

（注）

（1）『キルシャ・ダニーロフの蒐集せるロシア古詩集』第三十番「カザン占領」に基づく。カザンは現ロシア連邦タタルスタン共和国の首都。

（2）『キルシャ・ダニーロフの蒐集せるロシア古詩集』第四五番「ニキータ・ロマノヴィチが所領を賜った話」に基づく。

（3）リャザンはモスクワの南約一八〇㎞に位置する都市。中世はリャザン公国があったが、十六世紀にモスクワ大公国に併合された。アストラハンはヴォルガ川河口の都市でアストラハン・ハン国の都だったが、一五五六年にイワン雷帝に征服された。

（4）マリュータ・スクラートフはイワン雷帝の親衛隊（オプリーチニク）を率いて残虐な処刑や虐殺を行ったことで知られる。

（5）『キルシャ・ダニーロフの蒐集せるロシア古詩集』第二九番に基づく。

（6）旧約聖書の天地創造を起点とする暦で、西暦一六一九年に当たる。ただしここで語られる逸話は、一六〇九年の出来事である。

（7）カールⅨ世（一五五〇―一六一一）を指す。

おわりに　語られたものを読むということ

例えば歌を、音を聴かずに歌詞だけ読む。お笑いを、喋りを起こした文字だけ読む。そこから得られる情報は、生で見聞きしたときの半分にも及ぶだろうか。百年も二百年も前に記録された歌物語を「読む」というのは、しょせんそういうことだ。それでも、骨ばかりになってしまうことは百も承知で、せめて言葉だけでも残しておこう、誰かに読ませようと思った先人たちがせっせと書き留めたもの、それがフォークロアの文字テキストだ。生で見聞きするのはいくら豊かでも個人的な体験で、忘れてしまえばそれきりだが、文字にしておけば何かは残る。

後代の研究者たちは、その先人が残した骨に何とか想像上の肉をつけようと、テキストを読み直したり比較したり関連資料をあさったりしている。完全な再現ができるわけではないが、近い模型を提示することならできるかもしれない。神話学派も歴史学派も、構造主義も記号論も、あらゆる研究のもとが、このわずかに残された骨であることには変わりがない。

二〇一四年に亡くなったモスクワの世界文学研究所のヴィクトル・ガツァーク教授は叙事詩のテキス

ト分析で知られ、『時間の中の叙事伝承』（モスクワ、一九八九年）では詩句が時代によってどう変化するか、一人の語り手の複数回の語りがどう変わるか、といった緻密な分析を通して叙事詩の歴史的推移に迫った。同時に彼は世界中の叙事詩に興味を持ち、自らがスラヴ語とルーマニア語の母語話者で、かつ研究所に様々な民族の学生がいることをフルに活用して、大胆な比較研究にいそしんでいた。またその一方で彼は、どうしたらフォークロアを総合的に記録できるかを考え、早い時期から動画の活用や録音資料のデジタル化を進めていたのだった。二〇〇六年の来日時だったと思うが、忘れられない彼の名台詞がある。「僕はどうしても『匂い』だけは記録できないと思っていたんだ。でも先日、娘の見ている雑誌の付録を見てひらめいたよ。香水のサンプルが紙に浸み込ませて密封してあるじゃないか。こうすれば匂いも取っておけるんだよ！」私はその時、この人は口承文芸研究に匂いまで記録するつもりか⁉と驚いたが、今となっては、ガツァーク氏はそれほどに、骨ばかりではない資料を後世に伝えたかったのだろうと思うのである。思い出すたびに、未だに自分のフィールドワーク資料をデジタル・アーカイブ化しなければ、資料集を作らなければと焦っている自分を恥じる思い出である。

この本は、NHK『テレビロシア語会話』のテキストに二〇〇五年四月から二〇〇七年三月にかけて筆者が連載した「ロシア歌物語ひろい読み」全二四回から数回分を選び、それを基に書き起こしたものです。連載当時から一橋大学名誉教授の中村喜和先生には原稿を読んで頂き、数々の貴重なご指摘とご意見を賜りました。また、書籍化に際してはロシア民族音楽学のタチアーナ・キリューシナ先生にグースリの歴史や形状についてご教示頂きました。本書の準備段階から拙稿へのご意見と激励を下さった慶應義塾大学教養研究センターの皆様、慶應義塾大学出版会の佐藤聖さん、木下優佳さん、表紙作画の中川樹さんに心より御礼申し上げます。

文献案内

◎本書で訳出した歌物語が掲載された書籍とその原題

『オネガのブィリーナ』：Онежские былины, записанные А. Ф. Гильфердингом летом 1871 года. М.-Л., 1949-1951.

『キルシャ・ダニーロフの蒐集せるロシア古詩集』：Древние российские стихотворения, собранные Киршею Даниловым. Под ред. А. А. Горелова. СПб., 2000.

『ドブルィニャ・ニキーチチとアリョーシャ・ポポーヴィチ』：Добрыня Никитич и Алёша Попович. М., 1974.

『白海のブィリーナ』：Беломорские былины, записанные А. Марковым. М., 1901.

『ルィブニコフの蒐集せる歌謡集』 Песни, собранные П. Н. Рыбниковым. Под ред. А. Е. Грузинского в 3 томах. М., 1901.

『ロシア・フォークロア大全　ブィリーナ全二十五巻』：Свод русского фольклора. Былины в 25 томах. М., 2001-.（二〇一七年一月現在刊行中）

『ロシア・フォークロア叢書三　ブィリーナ』：Библиотека русского фольклора. Т.3. Былины. М. 1988.
『プドガ地方のブィリーナ』：Былины Пудожского края. Петрозаводск, 1941.
『ノヴゴロドのブィリーナ』：Новгородские былины. М., 1978.

◎本書で言及した文献のうち日本語で読めるもの
アファナーシエフ編、金本源之助訳『ロシアの民話』一―三巻、別巻。群像社、二〇〇九―二〇一一年。

アファナーシエフ編、中村喜和編訳『ロシア民話集』上、下。岩波書店、一九八七年。

木村彰一訳注『イーゴリ軍記』岩波書店、一九八三年。

中村喜和編訳『ロシア中世物語集』筑摩書房、一九七〇年（「イーゴリ軍記」二〇七―二二三頁）。

◎ロシアの歌物語が読める日本語書籍
井桁貞敏編著『ロシア民衆文学　中・下』三省堂、一九七四年。

佐藤靖彦『ロシア英雄叙事詩の世界』新読書社、二〇〇一年。

中村喜和『ロシア英雄叙事詩ブィリーナ』平凡社、一九九二年。

中村喜和『ロシア英雄物語』平凡社、二〇一二年。

◎ロシアの歌物語に言及している主な書籍と論文

フョードル・セリバーノフ著、金本源之助訳『ロシアのフォークロア』早稲田大学出版部、一九九八年。

伊東一郎編『ロシアフォークロアの世界』群像社、二〇〇五年。

熊野谷葉子「ロシア英雄叙事詩・語りのテクニックの変質」（日本口承文藝学会『口承文藝研究』第十八号、一九九五年）

同「ドブルィニャと大蛇は二度闘ったか?」（ロシア・フォークロアの会会報『なろうど』第五一号、二〇〇五年）

同「キルシャはブィリーナをどう弾き語ったか」（『なろうど』第五三号、二〇〇六年）

同「ロシア叙事詩研究の特徴と変遷」（日本口承文芸学会編『口承文芸研究の現在』三弥井書店、二〇一七年）

刊行にあたって

いま、「教養」やリベラル・アーツと呼ばれるものをどのように捉えるべきか、教養教育をいかなる理念のもとでどのような内容と手法をもって行うのがよいのかとの議論が各所で行われています。これは国民全体で考えるべき課題ではありますが、とりわけ教育機関の責任は重大でこの問いに絶えず答えてゆくことが急務となっています。慶應義塾では、義塾における教養教育の休むことのない構築と、その基盤にある「教養」というものについての抜本的検討を研究課題として、2002年7月に「慶應義塾大学教養研究センター」を発足させました。その主たる目的は、多分野・多領域にまたがる内外との交流を軸に、教養と教養教育のあり方に関する研究活動を推進して、未来を切り拓くための知の継承と発展に貢献しようとすることにあります。

教養教育の目指すところが、単なる細切れの知識で身を鎧うことではないのは明らかです。人類の知的営為の歴史を振り返れば、その目的は、人が他者や世界と向き合ったときに生じる問題の多様な局面を、人類の過去に照らしつつ「今、ここで」という現下の状況のただなかで受け止め、それを複眼的な視野のもとで理解し深く思惟をめぐらせる能力を身につけ、各人各様の方法で自己表現を果たせる知力を養うことにあると考えられます。当センターではこのような認識を最小限の前提として、時代の変化に対応できる教養教育についての総合的かつ抜本的な踏査・研究活動を組織して、その研究成果を広く社会に発信し積極的な提言を行うことを責務として活動しています。

もとより、教養教育を担う教員は、教育者であると同時に研究者であり、その学術研究の成果が絶えず教育の場にフィードバックされねばならないという意味で、両者は不即不離の関係にあります。今回の「教養研究センター選書」の刊行は、当センター所属の教員・研究者が、最新の研究成果の一端を、いわゆる学術論文とはことなる啓蒙的な切り口をもって、学生諸君をはじめとする読者にいち早く発信し、その新鮮な知の生成に立ち会う機会を提供することで、研究・教育相互の活性化を図ろうとする試みです。これによって、研究者と読者とが、より双方向的な関係を築きあげることが可能になるものと期待しています。なお、〈Mundus Scientiae〉はラテン語で、「知の世界」または「学の世界」の意味で用いました。

読者諸氏の忌憚のないご批判・ご叱正をお願いする次第です。

慶應義塾大学教養研究センター所長

熊野谷葉子（くまのや ようこ）
慶應義塾大学法学部准教授。千葉県出身。1991年早稲田大学第一文学部卒業後、東京大学文学部ロシア語ロシア文学科学士入学、1992年ロシア連邦プーシキン大学政府交換留学。1995年よりロシア連邦アルハンゲリスク州ほかで民俗学フィールドワークを行い、1999年東京大学大学院人文科学系研究科欧米系言語文化研究専攻博士課程単位取得退学、2002年博士論文「北ロシア農村のチャストゥーシカ─演劇性の観点から見た特徴づけと分類」（原文ロシア語）により同専攻博士号（文学）取得。2009年度NHKラジオ「まいにちロシア語」講師。単著に『チャストゥーシカ　ロシアの暮らしを映す小さな歌』（東洋書店，2007）、共著に『ロシアフォークロアの世界』（伊東一郎編，群像社，2005）ほか。

慶應義塾大学教養研究センター選書17

ロシア歌物語ひろい読み──英雄叙事詩、歴史歌謡、道化歌

2017年3月31日　初版第1刷発行

著者──────熊野谷葉子
発行──────慶應義塾大学教養研究センター
代表者　小菅隼人
〒223-8521　横浜市港北区日吉4-1-1
TEL：045-563-1111
Email：lib-arts@adst.keio.ac.jp
http://lib-arts.hc.keio.ac.jp/
制作・販売所──慶應義塾大学出版会株式会社
〒108-8346　東京都港区三田2-19-30
表紙・扉装画──中川　樹
装丁──────斎田啓子
組版──────株式会社 キャップス
印刷・製本───株式会社 太平印刷社

Printed in Japan　ISBN978-4-7664-2419-5

慶應義塾大学教養研究センター選書

1 **モノが語る日本の近現代生活**—近現代考古学のすすめ
桜井準也著 ◎700 円

2 **ことばの生態系** —コミュニケーションは何でできているか
井上逸兵著 ◎700 円

3 **『ドラキュラ』からブンガク** —血、のみならず、口のすべて
武藤浩史著 ◎700 円

4 **アンクル・トムとメロドラマ** —19 世紀アメリカにおける演劇・人種・社会
常山菜穂子著 ◎700 円

5 **イェイツ**—自己生成する詩人
萩原眞一著 ◎700 円

6 **ジュール・ヴェルヌが描いた横浜**—「八十日間世界一周」の世界
新島進編 ◎700 円

7 **メディア・リテラシー入門**—視覚表現のためのレッスン
佐藤元状・坂倉杏介編 ◎700 円

8 **身近なレトリックの世界を探る**—ことばからこころへ
金田一真澄著 ◎700 円

9 **触れ、語れ**—浮世絵をめぐる知的冒険
浮世絵ってどうやってみるんだ？会議編 ◎700 円

10 **牧神の午後**—マラルメを読もう
原大地著 ◎700 円

11 **産む身体を描く**—ドイツ・イギリスの近代産科医と解剖図
石原あえか編 ◎700 円

12 **汎瞑想**—もう一つの生活、もう一つの文明へ
熊倉敬聡著 ◎700 円

13 **感情資本主義に生まれて**—感情と身体の新たな地平を模索する
岡原正幸著 ◎700 円

14 **ベースボールを読む**
吉田恭子著 ◎700 円

15 **ダンテ『神曲』における数的構成**
藤谷道夫著 ◎700 円

表示価格は刊行時の本体価格（税別）です。